Hanni und Nanni ist die beliebteste und erfolgreichste Mädchenbuch-Serie der Welt. Allein in der Bundesrepublik wurden mehr als 5 Millionen Bücher dieser Serie von Enid Blyton mit großer Begeisterung gelesen.

Von **Hanni und Nanni** gibt es 15 Einzelbände, die auch in 5 Sammelbänden zu je 3 Erzählungen zu haben sind.

ENID BLYTON

Hanni und Nanni

schmieden neue Pläne

Schneider-Buch

Deckelbild: Nikolaus Moras
Illustration: Erich Hölle
Schrift: 10/11 Punkt Garamond
Druck: Presse-Druck
Bestell-Nummer: 3642

München - Wien
ISBN 3 505 03642 0

Inhalt

Neuer Schulbeginn in Lindenhof

„Mutter, hast du gewußt, daß Elli nach den Ferien zu uns nach Lindenhof kommt?“ fragte Hanni Sullivan und schaute von dem Brief auf, den sie zusammen mit ihrer Zwillingsschwester Nanni las.

„Ja, ich wußte es“, sagte die Mutter lächelnd. „Eure Tante Marga hat es mir geschrieben. Als sie erfuhr, daß es euch in Lindenhof so gut gefällt, hat sie sich entschlossen, Elli auch ins Internat zu schicken. Ihr könnt euch ja in der ersten Zeit etwas um sie kümmern.“

„Elli ist ziemlich hochnäsig“, sagte Hanni. „Wir haben es erst jetzt wieder gemerkt. Dauernd macht sie sich wichtig, und — stell dir vor — sie hat schon Dauerwellen!“

„In ihrem Alter?“ verwunderte sich Frau Sullivan. „Höchste Zeit, daß sie nach Lindenhof kommt!“

„Ich denke gerade an zwei Mädchen, die auch einmal sehr hochnäsig waren“, sagte Herr Sullivan und legte seine Zeitung zur Seite. Er zwinkerte mit den Augen. „Sie wollten einfach nicht nach Lindenhof! Sie hielten es für eine ganz schreckliche Schule.“

Hanni und Nanni wurden rot. „Erinnere uns nicht daran, Vati“, sagte Hanni. „Damals waren wir wirklich Dummköpfe. Wir haben uns ganz furchtbar benommen. Weißt du, daß sie uns die hochmütigen Zwillinge nannten?“

Nanni kicherte: „Du liebe Zeit, ich kann gar nicht verstehen, wie die mit uns ausgekommen sind.“

„Zuerst hatten wir es gar nicht so einfach“, sagte Hanni, „aber es geschah uns schon recht. Ich hoffe nur, Elli stellt sich nicht genauso dumm an wie wir.“

„Sie wird sich noch viel dümmer anstellen“, behauptete Nanni. „Sie ist ja so eitel! Mutti, sollen wir Elli nicht zwei oder drei Tage zu uns einladen, ehe wir nach Lindenhof zurückfahren? Wir könnten ihr dann einiges erzählen.“

„Das wäre lieb von euch“, meinte Frau Sullivan.

„Es geschieht nicht allein aus Liebe“, sagte Nanni kichernd. „Hanni und ich wollen uns nur nicht mit unserer Kusine blamieren. Vielleicht können wir sie in ein paar Tagen etwas vorbereiten.“

„Ihr meint wohl: zurechtstutzen?“ fragte Herr Sullivan über den Rand seiner Zeitung hinweg. „Wenn ihr dieses eingebildete kleine Ding zur Vernunft bringt, so wäre das eine gute Tat. Ich habe in meinem ganzen Leben nichts Verwöhnteres gesehen.“

„Gut, daß sie nach Lindenhof kommt“, sagte Hanni und strich sich Marmelade aufs Brot. „Findest du nicht, Vati, daß Nanni und ich viel netter sind, seit wir dort zur Schule gehen?"

„Das muß ich mir erst einmal durch den Kopf gehen lassen", sagte der Vater neckend. „Nun — ja — im allgemeinen bin ich schon mit euch zufrieden. Was meinst du, Mutter?"

„Oh, ich glaube, sie haben sich gut in Lindenhof eingelebt", sagte Frau Sullivan, „auch wenn sie zuerst nicht hingehen wollten."

„Einerseits möchte ich nicht, daß die Ferien zu Ende gehen", sagte Hanni, „und doch kann ich es kaum erwarten, die alte Mamsell Fürchterlich wiederzusehen und Fräulein Roberts und . . ."

„Mamsell . . . ich weiß, daß die ganze Schule, ja sogar eure Direktorin sie ‚Mamsell' anstatt ‚Mademoiselle' nennt, aber was bedeutet Fürchterlich?" fragte Herr Sullivan. „Heißt sie wirklich so?"

„Aber nein, Vati, wir nennen sie nur so, weil sie zu allem fürchterlich sagt!" erklärte Hanni. „Nanni und ich waren zuerst ziemlich schlecht in französischer Grammatik, und deshalb schrieb Mamsell immer ‚fürchterlich' unter unsere Aufsätze. Aber sonst ist sie wirklich sehr nett."

„Es wird bestimmt lustig, wenn wir die andern Mädchen alle wieder treffen", sagte Nanni. „Mutti, schreib Tante Marga, daß sie Elli herschickt, bevor wir nach Lindenhof zurückfahren."

Frau Sullivan schrieb ihrer Schwägerin, und Elli kam zu Besuch. Sie war ein hübsches Mädchen mit kastanienbraunen Locken und großen blauen Augen.

„Sie sieht aus wie unsere Käthe-Kruse-Puppe", sagte Hanni zu Nanni, „erinnerst du dich? Die lächelte genau wie Elli."

„Vielleicht hat ihr einmal jemand gesagt, wie süß sie lächelt", meinte Nanni. „Sie hält sich anscheinend für einen Filmstar."

Elli war froh, daß sie zusammen mit ihren Kusinen nach Lindenhof fahren konnte. Eine neue Schule ist schließlich recht aufregend. Man gewöhnt sich zwar rasch ein, aber zu Anfang kommt einem alles fremd und seltsam vor.

„Wie ist denn Lindenhof?“ fragte sie am ersten Abend. „Ich hoffe nur, daß es nicht eines dieser schrecklich langweiligen Internate ist, in denen man dauernd vernünftige Dinge tun soll.“

Hanni zwinkerte Nanni zu. „Elli, Lindenhof ist die vernünftigste Schule, die es gibt“, sagte sie mit ernster Stimme. „Man muß lernen, wie man Schuhe putzt . . .“

„Und Kaffee kocht . . .“, sagte Nanni.

„Und Brot röstet“, fuhr Hanni fort. „Und man muß wissen, wie man sein Bett macht . . .“

„Und wenn du dir deine Kleider zerreißt, mußt du sie selber wieder flicken“, sagte Nanni und weidete sich an Ellis entsetzem Blick. „Wollt ihr damit sagen, man muß dort seine Schuhe selbst putzen und Kaffee kochen und Brot rösten? Das ist doch nicht euer Ernst?“

Die Zwillinge lachten. „Alles halb so wild!“ sagte Hanni. „Weißt du, Elli, in Lindenhof ist es üblich, daß die unteren Klassen für die älteren Mädchen kleine Arbeiten verrichten. Wenn sie uns rufen, müssen wir zu ihnen gehen und fragen, was sie wollen.“

Elli wurde blaß. „Das klingt ja furchtbar“, sagte sie. „Wie sind die Mädchen? Sind sie auch so gräßlich?“

„Ja, gräßlich“, sagte Hanni mit ernstem Gesicht. „Genau wie Nanni und ich. Wahrscheinlich wirst du sie nicht ausstehen können!“

„Das scheint ja ganz anders zu sein als in unserer alten Schule!“ sagte Elli traurig. „Wie ist denn eure Klassenlehrerin? Werde ich in dieselbe Klasse kommen wie ihr?“

„Ich glaube schon“, sagte Hanni. „Unsere Klassenlehrerin ist Fräulein Roberts. Sie ist recht nett, aber sie kann sehr unangenehm werden, wenn man sie ärgert.“

„Und Mamsell ist auch nicht ohne", sagte Nanni. „Sie ist eine mächtige Person mit riesigen Füßen. Sie hat ein tolles Temperament und kann brüllen wie ein Löwe . . ."

„Nanni, das klingt ja entsetzlich", sagte Elli aufgeregt und dachte an die schüchterne französische Lehrerin, die sie in ihrer alten Schule gehabt hatte.

„Ach, eigentlich ist Mamsell nicht übel", sagte Hanni lächelnd. „Sie hat ein gutes Herz. Du brauchst dir wirklich keine Sorgen zu machen! Nanni und ich werden uns schon um dich kümmern."

„Das ist gut", sagte Elli dankbar. „Hoffentlich liege ich im gleichen Schlafsaal wie ihr."

Elli erfuhr noch eine ganze Menge über Lindenhof. Sie fand, daß sich ihre Kusinen sehr verändert hatten. Sie sind so vernünftig geworden, dachte sie, früher waren sie viel weniger pflichtbewußt.

Als der Tag der Abreise herankam, brachte Frau Sullivan die drei Mädchen zur Bahn. Hanni und Nanni konnten es gar nicht erwarten, ihre Freundinnen wiederzusehen. Elli verhielt sich ziemlich still. Sie war nur froh, daß sie mit den Zwillingen zusammen fuhr. Vor der Abfahrt gab es auf dem Bahnsteig ein großes Hallo: „Da ist ja Jenni! Wie geht es dir? Hast du schöne Ferien gehabt? Oh, und hier steht Hilda! Hallo, Hilda — das ist unsere Kusine Elli. Sie kommt mit uns nach Lindenhof. Da sind ja auch Doris und Suse!"

Alle scharten sich um die Zwillinge, schwatzten und lachten. Elli wurde vorgestellt. Sie war froh, daß sie den unbekannten Mädchen nicht allein ausgeliefert war, sondern ihre Kusinen dabei waren.

Eine freundliche Lehrerin erschien mit einem Notizblock. „Guten Morgen, Hanni, guten Morgen, Nanni. Ihr seid immer noch nicht auseinanderzuhalten! Ist das eure Kusine Elli? Dann kann ich auf meiner Liste gleich ihren Namen abhaken. Willkommen, Elli, ich bin Fräulein Roberts, deine Klassenlehrerin. Sicher haben dir die Zwillinge schon erzählt, wie streng ich bin!" Sie lächelte und ging weiter zur nächsten Gruppe.

„Irgendeine Neue diesmal?" fragte Hanni und schaute sich suchend um. „Ich kann niemanden entdecken!"

„Doch, da drüben ist eine!" rief Nanni und stieß Hanni an. Abseits von den anderen stand ein großes hübsches Mädchen, das ein auffallend mürrisches Gesicht machte. „Anscheinend hat niemand sie zur Bahn gebracht. Ob die wohl in unsere Klasse kommt? Sehr freundlich sieht sie ja nicht aus. Ich freue mich schon darauf, wenn sie mit Jenni in Streit gerät."

Jenni war bekannt wegen ihrer Heftigkeit. Sie brauste leicht auf, aber ihr Ärger verflog meistens schnell. Die Neue dagegen sah aus, als wäre sie bockig und nachtragend. Den Zwillingen gefiel sie überhaupt nicht.

„Da ist noch eine Neue", sagte Hanni, „sie kommt gerade auf den Bahnsteig! Die sieht aber nett aus. Hoffentlich kommt sie in unsere Klasse!"

Diese zweite Neue war genau das Gegenteil der anderen. Sie war klein und hatte ungebändigte, schwarze Locken und dunkelblaue, strahlende Augen. Ihre Eltern begleiteten sie.

„Ihr Vater muß ein Künstler oder Musiker oder so etwas Ähnliches sein, er hat so langes Haar!" sagte Hanni.

„Ich weiß, wer er ist", sagte Hilda Wentworth, die neben ihnen stand. „Es ist Max Oriell, der berühmte Maler. Meine Tante hat sich kürzlich von ihm malen lassen, er malt einfach wundervoll."

„Einsteigen, bitte!" rief Fräulein Roberts laut. „Der Zug geht in drei Minuten. Verabschiedet euch!"

Die Mädchen umarmten ein letztes Mal ihre Eltern und drängten sich in die Abteile. Ein Pfiff ertönte. Taschentücher flatterten. Langsam fuhr der Zug aus der Halle. Die Schule fing wieder an!

Die erste Zeit

Die ersten beiden Tage verliefen wie immer ziemlich unruhig. Es gab keinen richtigen Stundenplan. Außerdem mußten sich alle erst wieder einrichten.

Die meisten Mädchen hatten ein bißchen Heimweh. Aber zum Grübeln blieb wenig Zeit.

„Oh, diese schönen neuen Hefte!" sagte Mademoiselle, die Französisch-Lehrerin, die von jedermann im Internat einfach „Mamsell" genannt wurde, als sie strahlend die Klasse betrat. „Die müssen mit schönen französischen Aufsätzen gefüllt werden! Hast du eben gestöhnt, Doris? Du willst doch nicht, daß ich deinetwegen wieder graue Haare bekomme! Siehst du diese weiße Strähne? Die geht auf deine Rechnung!"

Mamsell zerrte ein wenig an ihrem Knoten und machte ein verschmitztes Gesicht. Alle lachten.

„Ich will mich diesmal sehr anstrengen", beteuerte Doris. „Aber die französischen ‚R' werde ich nie richtig aussprechen können, niemals!"

„R-r-r-r!" sagte Mamsell und rollte das „R" in ihrer Kehle. Es klang, als ob ein Hund knurrte. Die Klasse kicherte.

Fräulein Roberts, die Klassenlehrerin, nahm sich die Zwillinge besonders vor. „Nun, Hanni und Nanni", sagte sie, „ihr seht aus, als wolltet ihr euch diesmal auch sehr viel Mühe geben! Wie wäre es, wenn ihr die Besten der Klasse würdet?"

„Das möchten wir schon", sagte Hanni eifrig. „In unserer

alten Schule gehörten wir immer zu den Besten. Inzwischen haben wir uns in Lindenhof eingewöhnt. Jetzt wird uns bestimmt manches leichterfallen."

Wie immer zu Schulbeginn saß die Hausmutter in ihrem riesigen Zimmer und gab die Wäsche aus. „Geht sorgsam mit euren Sachen um", ermahnte sie die Mädchen, „denkt daran, daß ihr alle Knöpfe wieder annähen und jeden Riß stopfen müßt."

„Aber ich kann doch gar nicht nähen und flicken!" sagte Elli verzweifelt.

„Vielleicht hat dich deine Mutter gerade hergeschickt, damit du es lernst", meinte die Hausmutter mit breitem Lächeln. „Du willst doch einmal heiraten und einen Haushalt führen. Dann ist es sehr gut, wenn du all diese Dinge kannst."

Schließlich mußten sich alle Schülerinnen bei Fräulein Theobald, der Direktorin, melden. Elli ging zusammen mit Hanni und Nanni zu ihr. Sie war sehr aufgeregt. „Was soll ich denn nur sagen?" flüsterte sie, als sie vor der Tür warteten. „Ist sie sehr streng?"

Die Tür öffnete sich, und Jenni und Hilda kamen heraus. „Ihr sollt hineingehen", sagte Hilda. Fräulein Theobald empfing sie mit einem freundlichen Lächeln.

„Nun, Hanni und Nanni", sagte sie, „ich freue mich, daß ihr wieder da seid. Heute seht ihr auch viel fröhlicher aus als das letztemal. Damals habt ihr ganz finstere Gesichter gemacht und kaum ein Wort gesagt! Wollt ihr euch diesmal besonders anstrengen?"

„Natürlich, Fräulein Theobald", sagten die Zwillinge mit strahlenden Gesichtern.

Da wandte sich Fräulein Theobald an Elli: „Das ist also noch ein Mitglied der Familie Sullivan! Na, wenn gleich drei Sullivans in derselben Klasse fleißig sind, dann muß sich Fräulein Roberts ja freuen. Du hast Glück, Elli, daß dir gleich zwei Kusinen über den Anfang hinweghelfen."

„Ja, Fräulein Theobald“, stotterte Elli, die immer noch sehr aufgeregt war.

„Ihr könnt nun gehen“, sagte Fräulein Theobald. „Und denkt daran, daß ich hier bin, um euch zu helfen. Ihr könnt jederzeit zu mir kommen, wenn ihr etwas auf dem Herzen habt.“

Die drei Mädchen gingen anschließend schnell zum Gemeinschaftsraum, den Elli noch nicht gesehen hatte.

„Haben wir kein Arbeitszimmer für uns allein?“ fragte Elli enttäuscht, als sie den großen Saal sah, der von den unteren Klassen gemeinsam benutzt wurde. „Was für ein furchtbarer Lärm!“

Natürlich war es laut. Die Mädchen lachten und unterhielten sich. Eine hatte den Plattenspieler angestellt, und eine andere spielte am Radio herum.

„Daran gewöhnst du dich bald“, sagte Hanni gutgelaunt. „Es ist wirklich nett hier. Schau, dieser Teil des Regals ist für deine Sachen, Elli. Da kannst du deine Süßigkeiten, dein Strickzeug und das Buch hineinstellen, das du gerade liest. Das nächste Fach gehört Nanni und mir.“

Dann zeigten sie der Kusine die übrigen Räume: die großen Klassenzimmer mit dem herrlichen Ausblick aus den Fenstern — die riesige Turnhalle — den schönen Zeichensaal hoch unter dem Dach — den Chemiesaal — und die Garderobenräume, wo jedes Mädchen einen Kasten für Schuhe und einen Haken für Mantel und Regenkleidung hatte.

„Bin ich im selben Schlafsaal wie ihr, Hanni?“ fragte Elli.

„Ich werde mich bei Hilda erkundigen“, sagte Hanni, „sie ist unsere Klassensprecherin, sie weiß sicher Bescheid. He, Hilda, weißt du, ob Elli bei uns schläft?“

Hilda holte eine Namensliste hervor. „Schlafsaal acht“, las sie vor. „Hilda Wentworth, Hanni und Nanni Sullivan, Doris Elward, Katrin Gregory, Suse Naylor, Jenni Robins und Elli Sullivan. Na bitte, es hat sich nichts geändert, außer daß Vera Johns nach Nummer neun gekommen ist. Ich nehme an, daß sie für Elli Platz gemacht hat."

„Oh, fein", sagte Hanni. „Du bist also bei uns, Elli. Da hast du aber Glück gehabt."

Die drei Neuen kamen zu Fräulein Roberts in die zweite Klasse. Das große mürrische Mädchen hieß Margret Fenworthy. Sie wirkte eigentlich älter, aber ihre Leistungen waren nicht gut, im Grunde nicht einmal gut genug für die zweite Klasse.

„Ist sie nicht sonderbar?" sagte Hanni zu ihrer Schwester nach der ersten Unterrichtsstunde. „Ihr ist anscheinend alles gleichgültig. Sie kann bestimmt sehr patzig sein. Das wird etwas geben, wenn sie mit Mamsell zusammenstößt!"

Margret Fenworthy hielt sich bewußt abseits. Meistens las sie, und wenn jemand sie ansprach, antwortete sie so kurz, daß den anderen die Lust zum Weiterreden verging. Hanni meinte einmal: „Wenn sie nicht so ein bitterböses Gesicht machte, wäre sie bestimmt sehr hübsch. Aber sie schaut uns immer an, als hätte sie Lust, uns den Kopf abzubeißen."

Lucie Oriell, die andere Neue, war ganz anders. Sie war sehr klug. Nichts war ihr zu schwierig. Sie hatte ein erstaunliches Gedächtnis und war immer lustig und guter Dinge.

„Wie sie sich mit Mamsell auf französisch unterhält!" stöhnte Doris. „Wie sie in der Zeichenstunde malt! Wie sie ellenlange Gedichte aufsagt, während ich stundenlang büffeln muß, um nur zwei Strophen zu behalten!"

Alle lachten. Doris war die schlechteste Schülerin, aber ein großes Talent besaß sie: Sie konnte die ganze Klasse zum Lachen bringen! Sie konnte tanzen und andere wundervoll nachmachen. Nur bei Mamsells französischem Akzent versagte sie. Alle hatten Doris gern. Jenni sagte immer: „Sie ist ein richtiger Dummkopf, aber ein lieber!"

„Was hältst du von den drei Neuen, Jenni?“ fragte Hilda am Nachmittag, kaute an ihrem Bleistift herum und versuchte eine Rechenaufgabe zu lösen.

Hanni und Nanni saßen in der Nähe und hörten zu. Jenni strich sich das dunkle Haar aus der Stirn und antwortete knapp und treffend.

„Lucie Oriell — Klasse! Intelligent, verantwortungsbewußt, freundlich. Margret Fenworthy — ewig schlecht gelaunt und an nichts interessiert, rätselhafte Vergangenheit!“

„Was meinst du damit?“ fragte Hanni erstaunt.

„Irgend etwas muß doch dahinterstecken, daß sich Margret so von uns absondert und sich um nichts und niemanden kümmert“, sagte Jenni, die manchmal einen erstaunlich klaren Blick hatte. „Warum ist ein Mädchen mit dreizehn schon so mürrisch? Ich würde zu gerne wissen, wie sie in ihrer letzten Schule zu Rande kam. Vermutlich hatte sie dort keine einzige Freundin!“

Die Zwillinge schauten zu Margret hinüber, die ihre Nase in ein Buch gesteckt hatte. Nun nahm sich Jenni Elli, die dritte Neue, vor.

„Über Elli darf ich wohl nicht allzuviel sagen, weil sie eure Kusine ist, aber wenn ihr meine ehrliche Meinung hören wollt: sie ist ein eingebildeter, hochnäsiger, kleiner Affe, ohne auch nur ein kleines bißchen Vernunft in ihrem hübschen Köpfchen!“

„Vielen Dank für dein Urteil, Jenni“, sagte Hilda lachend, „du hast eine Begabung, genau das in Worte zu fassen und auszusprechen, was die anderen denken und nicht sagen!“

Elli bekommt eine Lehre

Das Jahr fing sehr kalt und öde an. Die Mädchen froren, wenn sie am Morgen aufstanden. Elli verabscheute das frühe Aufstehen. Deshalb zog ihr Hilda einfach die Bettdecke weg. Elli weinte fast vor Wut.

„Laß das!" schrie sie jedesmal. „Ich wollte ja gerade aufstehen!"

Die anderen grinsten. Sie fanden Elli reichlich albern. Sie konnte stundenlang vor dem Spiegel stehen und sich kämmen; und wenn sie einen Pickel im Gesicht hatte, so stöhnte sie tagelang, bis er wieder verschwunden war.

„Dieser eitle Fratz! Als ob sie uns gefallen müßte!" sagte Jenni verächtlich. „Meinetwegen kann sie zwanzig Pickel im Gesicht haben! Ich würde es nicht einmal merken."

Nach zwei Wochen glaubten die Zwillinge, schon wieder eine Ewigkeit in Lindenhof zu sein! Jede Klasse arbeitete nun regelmäßig nach ihrem Stundenplan. Dreimal in der Woche wurde Handball gespielt und zweimal war Turnunterricht. Die Zwillinge machten immer begeistert mit. Margret Fenworthy war eine ausgezeichnete Turnerin.

„Ist die kräftig!" sagte Hanni bewundernd, als Margret an einem dicken Seil emporkletterte, das von der Decke herabhing.

„Sie betreibt den Sport, als müßte sie die ganze Zeit gegen jemanden kämpfen!" sagte Jenni, die wieder einmal den Nagel auf den Kopf traf, ohne es zu wissen. „Hört mal, wie sie mit den Zähnen knirscht, wenn sie am Seil hochklettert."

„Gestern hat Linda sie heruntergeputzt, weil sie beim Handballspielen absichtlich ein Bein gestellt hat. Wenn sie ein Tor werfen will, dann tut sie es, und wenn sie vorher alle anderen über den Haufen rennen muß!"

Auch Lucie Oriell spielte hervorragend Handball. In ihrer alten Schule war sie Mannschaftsführerin gewesen.

„Sie kann einfach alles!" sagte Hilda. „Habt ihr schon ihre Bilder gesehen? Sie sind toll. Erst wollte ich nicht glauben, daß es wirklich ihre sind. Natürlich hat sie das von ihrem Vater."

„Es ist zu dumm, daß sich eure alberne Kusine so wenig anstrengt", sagte Jenni. Elli versuchte gerade, einen Ball aufzufangen. Es war ein einfacher Wurf von Katrin gewesen, aber Elli verpaßte ihn wieder einmal.

„Elli, hast du eigentlich noch nie Sport getrieben?" rief Jenni.

„Doch", sagte Elli und wurde rot. „Hockey. Das ist viel schöner als dieses entsetzliche Handball. Ich war eine recht gute Hockeyspielerin, nicht wahr, Hanni?"

Hanni konnte sich nicht erinnern, daß Elli jemals eine gute Sportlerin war, aber sie wollte lieber nichts sagen. Linda Turm, die die Handballmannschaft betreute, kam auf die Zwillinge zu. „Könnt ihr eure Kusine nicht ein bißchen aufmöbeln? Sie steht herum, und wenn ich ihr ein paar Anweisungen gebe, schaut sie mich groß an. Ihr fehlt einfach der Pfeffer."

Hanni lachte. „Mal sehen, was sich tun läßt! Ich war ja zuerst auch sehr schlecht. Ich will versuchen, sie in Schwung zu bringen, und zwar genauso, wie ihr es mit mir und Nanni gemacht habt."

„Sie ist zu sehr von sich eingenommen", sagte Linda ohne Umschweife. „Dümmliches Lächeln, ewig staunende Augen, sanftes Stimmchen! Jagt sie ein bißchen herum. Ich kann sie jetzt wirklich nicht mehr ertragen."

Aber Elli wollte nicht mitmachen, sie sagte mit weinerlicher Stimme: „Warum muß ich immer dieses alberne Handball spielen, wenn ich gerade ein Buch lesen will? Warum holt ihr mich zu einem Spaziergang, wenn es kalt und windig ist? Wenn ihr euch so um mich kümmert, dann verzichte ich lieber!“

Bald darauf sollte Elli zwei Schülerinnen der Oberstufe helfen, wie es in Lindenhof üblich war. Elli trank gerade ihren Kaffee, als jemand hereinkam und ihr zurief:

„Elli, du sollst zu Rita Georg und Käthe Weiß kommen. Beeile dich. Du bist in dieser Woche an der Reihe.

„Was soll ich denn machen?“ fragte Elli ärgerlich und schluckte den letzten Bissen hinunter.

„Woher soll ich das wissen? Vermutlich Kaffee kochen. Ich glaube auch, daß das Feuer in ihrem Zimmer ausgegangen ist. Du wirst den Ofen ausräumen und neu einheizen müssen.“

Elli platzte vor Entrüstung. „Was? Ich soll Feuer anmachen! Das habe ich nie in meinem Leben getan. Und ich werde es auch nicht tun.“

„Wenn du nicht gehst, Elli, bekommst du Ärger“, sagte Nanni. „Käthe Weiß ist nicht geduldig. Geh schon, stell dich nicht so an.“

Elli schimpfte vor sich hin und machte sich auf den Weg.

Rita hob gereizt den Kopf, als sie ins Zimmer kam. „Meine Güte, dauert das lange bei dir! Warum müssen wir ausgerechnet dich in dieser Woche haben?“

„Räume bitte den Ofen aus und mache dann Feuer an!“ sagte Käthe Weiß mit ihrer tiefen Stimme. „In dem Schrank dort ist Holz und Papier. Aber schnell, wir erwarten ein paar Mädchen zum Kaffee.“

Elli räumte Asche und Schlacke weg, so gut sie es konnte, dann holte sie Papier und Holz und legte es wild durcheinander auf den Ofenrost. Der Rost war heiß, und sie verbrannte sich die Hand, als sie ihn berührte.

„Was ist los?“ fragte Rita erschrocken.

„Ich habe mich an dem heißen Rost verbrannt“, sagte Elli und rieb sich ihre Hand, obwohl sie kaum weh tat.

„Glaubst du etwa, der Rost ist eiskalt, nachdem den ganzen Tag Feuer gebrannt hat?“ fragte Rita ungeduldig.

Elli zündete ein Streichholz an und hielt es an das Papier; es flammte sofort auf. In diesem Augenblick betraten drei Mädchen schwatzend das Zimmer, unter ihnen auch Linda. Niemand achtete mehr auf Elli.

Das Papier verglühte, doch das Holz wollte nicht anbrennen. Oje, im Schrank war kein Papier mehr!

„Wo ist bitte noch etwas Papier?“ fragte Elli schüchtern.

„Drüben auf dem Tisch“, sagte Rita kurz angebunden.

Dort lagen große weiße Bogen, die mit Ritas klarer Handschrift bedeckt waren. Eine alte Hausarbeit, die sie nicht mehr braucht, dachte Elli und nahm sie weg. Sie legte die Bogen in den Kamin und hielt ein Streichholz daran. Im selben Augenblick hörte sie einen Schrei von Rita.

„Du hast doch wohl nicht meine Hausaufgaben genommen? Wahrhaftig! O dieses Kamel, sie hat tatsächlich meinen französischen Aufsatz verbrannt!“

Alle stürzten zum Feuer. Elli wurde zur Seite gestoßen. Rita versuchte, einige der brennenden Blätter herauszuholen, aber es war zu spät. Sie hatten sich schon in graue Asche verwandelt.

„Elli, wie konntest du so etwas machen?“ schrie Rita.

„Ich habe es doch nicht mit Absicht getan“, sagte die arme Elli und fing an zu weinen. „Du hast gesagt, nimm das Papier vom Tisch . . . und . . .“

„Kannst du eine alte Zeitung nicht von einer neuen französischen Hausaufgabe unterscheiden?“ wetterte die wütende Rita. „Ich kann mich jetzt eine Stunde extra hinsetzen und alles noch einmal schreiben!“

„Und außerdem hat sie das Feuer immer noch nicht an!“ sagte Linda Turm. „Du stellst dich hier im Haus genauso dumm an wie auf dem Sportplatz, Elli.“

„Bitte, laßt mich gehen“, schluchzte Elli verzweifelt. Sie schämte sich vor den großen Mädchen. „Ich kann kein Feuer anzünden. Ich kann es wirklich nicht.“

„Dann wird es höchste Zeit, daß du es lernst“, sagte Rita grimmig. „Wo ist das Papier? Lege es zuerst hinein. Jetzt nimm das Holz. Schichte es so auf, daß die Flammen dran kommen und dann die Kohle in Brand setzen. Nun tust du ein paar Briketts obendrauf. Stellst du dich blöd an!“

Elli weinte die ganze Zeit und tat sich selber leid. Mit zitternder Hand hielt sie ein Streichholz an das Papier. Es flammte auf, und das Holz und die Kohlen begannen zu brennen. Bald flackerte ein lustiges Feuer im Ofen.

„Nun verschwinde endlich, du Jammersuse“, sagte Käthe. „Wo nimmst du bloß die vielen Tränen her? Geh vom Feuer weg, sonst löschst du es wieder aus!“

Elli schlüpfte aus dem Zimmer. Die Tränen liefen ihr über die Wangen. Vor einem Spiegel blieb sie stehen und schaute sich an. Sie fand, daß sie sehr traurig und rührend aussah, genauso wie der Filmstar, den sie vor einiger Zeit im Kino bewundert hatte. Laut schluchzend ging sie zum Gemeinschaftsraum zurück. Sie hoffte, daß alle sie bemitleiden würden.

Aber zu ihrer Überraschung tat das keines der Mädchen, nicht einmal die gutmütige Lucie Oriell. Als Elli erzählte, daß sie Ritas französische Hausaufgabe verbrannt hatte, schauten sich die anderen entsetzt an.

„Was für ein Dummkopf!“ sagte Jenni verächtlich. „Ein schöner Vertreter unserer Klasse. Die großen Mädchen müssen ja denken, wir seien alle solche Schafe!“

„Es ist furchtbar, wenn so viele Mädchen auf einem herumhacken“, schluchzte Elli und glaubte, daß man sie jetzt bedauerte. Aber die anderen dachten nicht daran.

„Wenn du dich wie ein Schaf benimmst, dann mußt du damit rechnen, daß man dich wie ein Schaf behandelt“, sagte Hilda. „Nun hör endlich auf zu heulen. Du schaust ganz furchtbar aus. Wenn du dich doch sehen könntest! Rote Augen, geschwollene Nase, verkniffener Mund — die Häßlichkeit in Person!"

Jetzt weinte Elli natürlich erst recht. Jenni verlor ihre Selbstbeherrschung. „Entweder du bist ruhig, oder du gehst raus", sagte sie grob. „Wenn du nicht sofort aufhörst zu heulen, werfe ich dich eigenhändig aus dem Zimmer."

Elli blickte auf. Sie merkte, daß Jenni es ernst meinte, und hörte auf zu weinen. Die Zwillinge grinsten sich an.

„Lehre Nummer eins!" flüsterte Hanni.

Tessie hat ein Geheimnis

Das erste große Ereignis war diesmal Tessies Geburtstag. Tessie war ein lebhaftes, vorwitziges Mädchen aus der dritten Klasse. Zusammen mit Jenni heckte sie viele Streiche aus. Die Mädchen mußten immer kichern, wenn sie daran dachten.

„Erinnert ihr euch noch, wie Tessie die große schwarze Katze im Schrank versteckte?" sagte Doris. „Meine Güte, wie ist doch Fräulein Kennedy erschrocken, als die Katze heraussprang. Völlig aufgelöst rannte sie aus dem Klassenzimmer. So habe ich in meinem Leben nicht gelacht."

Tessie hatte große Pläne für ihren Geburtstag. Sie erwartete Geld und viele Süßigkeiten. Da sie sehr großzügig war, wollte sie alles mit ihren Kameradinnen teilen. Aber für vierzig, fünfzig Mädchen reichten die Geschenke nicht aus. Tessie dachte lange darüber nach. Schließlich besprach sie sich mit ihrer liebsten Freundin.

„Winni, glaubst du nicht, daß es klüger wäre, meine Sachen nur mit meinen besten Freundinnen zu teilen, anstatt allen einen winzigen Happen zu geben?" meinte Tessie.

„Ja, ich glaube schon", sagte Winni. „Aber wann können wir sie einladen? Es ist doch nicht gut möglich, die anderen zuschauen zu lassen. Das würde sie furchtbar kränken."

„Da hast du recht", sagte Tessie. „Wir müssen das Fest heimlich veranstalten. Das heißt nachts, in meiner Geburtstagsnacht!"

„Aber im Schlafsaal geht es nicht", meinte Winni, „sonst merken es die anderen. Wir müssen es geheimhalten. Außerdem macht es so viel mehr Spaß."

„Ich hab's! Wir benutzen das kleine Musikzimmer!" sagte sie, und ihre Augen glänzten. „Das ist der richtige Platz. Wenn wir die Rolläden herunterlassen und die Tür schließen, bemerkt uns niemand. Wir dürfen natürlich nicht viel Krach machen. Mamsells Arbeitszimmer ist in der Nähe."

„Aber wie können wir es heizen? Es ist furchtbar kalt drin. Ich mußte letzte Woche dort üben und habe entsetzlich gefroren."

„Wir nehmen einfach eine Heizsonne, die in der Wäschekammer steht."

„Prima Idee!" sagte Tessie, die einen Plan gern bis ins letzte ausklügelte. Dann durchfuhr sie ein Gedankenblitz.

„Oh, Winni, meinst du, daß wir Würstchen auf dem elektrischen Kocher braten können? In der Stadt gibt es doch diese kleinen gewürzten Würste, die ißt du doch auch so gern!"

Winni starrte Tessie entzückt an. „Bestimmt hat hier noch niemand nachts Würstchen gebraten!" sagte sie. „Das wäre eine tolle Sache. Aber kriegen wir eine Pfanne?"

„Bestimmt!" sagte Tessie. „Ich frage das Küchenmädchen, ob sie mir eine leiht! Sie ist ein netter Kerl und verrät sicher nichts. Und wenn ich mir keine leihen kann, dann kauf ich mir einfach eine."

„Tessie, das wird ein Spaß!“ sagte Winni vergnügt. „Was essen wir denn noch, außer Würstchen?“

„Nun, Mutter schickt mir immer eine große Obsttorte, einen Gewürzkuchen, Süßigkeiten, Kekse und selbstgemachte Sahnebonbons“, sagte Tessie. „Dann bekomme ich auch eine Menge Geld, um mir alles mögliche zu kaufen, und außerdem noch Pfirsiche in Dosen, die mögt ihr doch alle, nicht wahr?“

Jeden Tag flüsterten die beiden Mädchen miteinander, denn sie hatten viel zu besprechen. Mamsell entging ihre Unaufmerksamkeit nicht. Sie schimpfte sie deshalb aus.

„Tessie! Winni! Ihr sitzt herum, starrt aus dem Fenster und paßt nicht im geringsten auf! Ihr habt sicher wieder Dummheiten im Sinn!“ Damit hatte sie beinahe recht, und beide Mädchen wurden rot.

„Ich habe bald Geburtstag, Mamsell!“ sagte Tessie zaghaft. Sie wußte, daß Mamsell so etwas als Entschuldigung gelten ließ.

„Ah, so! Und die liebe Winni hat wohl auch Geburtstag?“ erkundigte sich Mamsell. „Nun, wenn ihr nicht einen sehr-r-r schönen französischen Aufsatz über Geburtstage schreiben wollt, dann paßt jetzt gefälligst auf!“

Die beiden Mädchen beschlossen, nur noch sechs Kameradinnen einzuladen. Tessie sah nicht ein, warum es alle aus ihrer Klasse sein sollten. „Du weißt doch, ich mag diese Sullivan-Zwillinge sehr“, sagte sie. „Ich möchte sie gern einladen.“

„Wir laden nur Hanni und Nanni ein — und Jenni. Und von unserer Klasse Hetty, Ruth und Nora. Was hältst du davon?“

„Einverstanden“, meinte Winni.

„Wir müssen vorsichtig sein, daß Erika nichts erfährt“, sagte Tessie gedankenvoll. „Sie schleicht immer herum und steckt ihre Nase in Sachen, die sie nichts angehen. Außerdem petzt sie gern.“

„Wir müssen den anderen sagen, daß es ein großes Geheimnis bleiben muß", sagte Winni, „ach, wird das toll!"

Tessie erwischte die Zwillinge noch am gleichen Tag und nahm sie beiseite. „Hört zu!" sagte sie. „Ich gebe am Donnerstag eine kleine Geburtstagsgesellschaft, nur mit euch und noch fünf anderen. Kommt ihr?"

„Ja, natürlich, und vielen Dank auch", sagte Hanni, die sich über die Einladung freute.

„Um wieviel Uhr sollen wir kommen?" fragte Nanni.

„Um zwölf Uhr nachts", kicherte Tessie. Die Zwillinge schauten sich erstaunt an.

„Oh, ein Mitternachtsfest wie im letzten Jahr?" fragte Hanni aufgeregt.

„Nein, nicht ganz so wie im letzten Jahr", sagte Tessie. „Es findet nicht im Schlafsaal statt, sondern in dem kleinen Musikzimmer."

„Das gibt ja einen Spaß! Wer kommt noch?"

„Vier von meiner Klasse außer mir", sagte Tessie, „und ihr zwei und Jenni von eurer Klasse. Das sind alle. Vergeßt nicht, um zwölf fängt es an! Und was ich noch sagen wollte: Verratet es niemandem sonst! Wißt ihr, ich kann nicht alle einladen, und einige wären vielleicht gekränkt, daß sie nicht mitmachen dürfen."

„Natürlich sprechen wir nicht darüber", versicherte Hanni. Am Nachmittag flüsterten die Zwillinge und Jenni aufgeregt miteinander. Sie freuten sich schon sehr auf das Fest.

Elli war recht neugierig, denn sie ahnte, daß ihre Kusinen ein Geheimnis hatten. Immer wieder quälte sie die Zwillinge, es ihr zu verraten.

„Nun hör doch endlich auf, Elli", sagte Hanni. „Dürfen wir nicht einmal etwas für uns behalten, muß es immer gleich die ganze Klasse erfahren?"

„Ihr sagt es doch nicht der ganzen Klasse, ihr sagt es doch nur mir", meinte Elli. Dabei riß sie ihre riesigen blauen Augen weit auf und schaute die Kusinen bittend an.

Die paar Eingeweihten tuschelten oft über das Geburtstagsfest

„Meine liebe Elli, wenn wir es dir sagen, weiß es sofort die ganze Schule", sagte Hanni. „Du kannst ja deinen Mund nicht halten. Du rennst herum und blökst alles aus."

Elli ging schmollend weg. Erika, die sie beobachtet hatte und genauso neugierig war wie Elli, lief ihr nach.

„Es ist gemein, Pläne zu schmieden und den anderen nichts zu sagen", meinte Erika. „Ich weiß, Tessie und Winni haben auch etwas vor, ich glaube, es hängt mit Tessies Geburtstag zusammen. Ich würde es so gerne herausfinden."

Elli mochte Erika nicht. Niemand konnte sie leiden, denn sie war eine falsche Schlange. Deshalb ging Elli auf Erikas Bemerkung nicht ein. Sie zuckte die Achseln und ließ sie stehen.

Auch Hetty, Ruth und Nora hielten den Mund, und Winni verriet sowieso nichts. Daher war es für Erika sehr schwer, etwas herauszufinden.

Die Pläne nahmen allmählich Form an. Fanny, das kleine Küchenmädchen, kicherte, als Tessie um eine Bratpfanne bat. Sie steckte eine unter ihre Schürze und machte sich auf den Weg. Unterwegs traf sie Erika.

„Was versteckst du denn unter deiner Schürze, Fanny?" fragte Erika mit ihrer hohen, schrillen Stimme. Fanny warf ihren hübschen Kopf zurück.

„Nichts für dich", antwortete sie kurz angebunden. Erika wurde böse. Sie riß Fannys Schürze beiseite und sah die Pfanne.

„Aha, für Tessies Party!" rief sie. Es war nur eine Vermutung, aber Fanny fiel sofort darauf herein.

„Wenn du es schon weißt, warum fragst du dann?" sagte sie. „Ich soll sie in das kleine Musikzimmer bringen!"

Erika beobachtete Fanny, wie sie in den Raum schlüpfte und die Pfanne in einen Schrank stellte. Heute war Tessies Geburtstag. Die Party stand also nahe bevor; wahrscheinlich fand sie in der Nacht statt. Erika kam fast um vor Neugier und Eifersucht.

Tessies Geburtstag verlief recht lebhaft und lustig. Tessie war nämlich sehr beliebt. Die Mädchen brachten ihre kleinen Geschenke und wünschten ihr alles Gute. Tessie reichte eine große Schachtel Pralinen herum. Ihre Großmutter hatte sie geschickt. Tessie wollte wenigstens etwas mit allen Klassenkameradinnen teilen, zumal nur wenige zu ihrer Party kommen konnten.

Erika hielt sich an diesem Tag immer in der Nähe von Tessie und Winni auf. Sie wollte noch mehr über die Party herausfinden. Plötzlich sah sie Tessie nach der Wäschekammer gehen und eine Heizsonne und einen kleinen Kocher herausbringen.

Da sie Tessies scharfe Zunge fürchtete, getraute sie sich

nicht zu fragen. Also versteckte sie sich hinter einer Tür und beobachtete Tessie durch einen Spalt.

Tessie trug beides ins Musikzimmer. Erikas Augen leuchteten vor Schadenfreude. Sie wußte jetzt, wo das Fest stattfinden sollte. Sicher nach elf Uhr, dachte sie.

Jetzt weiß ich so ziemlich alles, geschieht Tessie recht. Sie hätte mich ja einladen können! Diese hochmütige Person! Ich habe Lust, ihr das ganze Fest zu verderben.

Wahrscheinlich hätte Erika gar nicht viel unternommen; sie war schon zufrieden, daß sie das Geheimnis kannte. Aber unglücklicherweise ertappten sie Winni und Tessie, als sie eine Praline aus der großen Schachtel nahm, die Tessie herumgereicht hatte. Tessie hatte sie im Klassenzimmer zurückgelassen, um sie Fräulein Lewis, der Geschichtslehrerin, anzubieten. Erika hatte die Schachtel dort gesehen und konnte sich nicht bezähmen. Sie nahm ein Stück und steckte es in den Mund. Es waren ja noch genug da! Gerade in diesem Moment stürmten Tessie und Winni ins Zimmer. Sie blieben überrascht stehen, als sie sahen, wie Erika hastig den Deckel zumachte.

„Du bist einfach widerlich", sagte Tessie kühl. „Wenn du noch ein Stück haben wolltest, dann hättest du mich ja fragen können, ich hätte es dir bestimmt gegeben. Aber sich heranschleichen und heimlich eins nehmen, das ist wirklich widerlich."

Die beiden Mädchen gingen wieder hinaus. Erika hatte nicht gewußt, was sie erwidern sollte. Jetzt aber war sie sehr wütend. Wie konnte Tessie es wagen, so mit ihr zu sprechen? Erikas Wangen brannten, sie hätte am liebsten die ganze Schachtel aus dem Fenster geworfen. Aber das getraute sie sich nicht.

„Widerlich hat sie mich genannt!" brummte sie. „Das werde ich ihr heimzahlen! Ich bleibe wach, bis sie heute nacht aus dem Schlafsaal gehen. Dann finde ich schon einen Weg, damit sie alle erwischt werden!"

3 3642-9

Was geschah auf dem Fest?

Alles war für das Fest vorbereitet. Tessie und Winni hatten sogar schon die Heizsonne angesteckt, damit das Musikzimmer warm war, wenn die Gäste kamen.

Die beiden Mädchen waren sehr aufgeregt. Tessie hatte zwei herrliche Geburtstagskuchen bekommen. Sie hatte den größeren am Nachmittag unter die Klasse verteilt und den anderen für die Mitternachtsparty aufgehoben.

Es gab Kekse, Süßigkeiten, Schokolade, eine große Obsttorte und vier Dosen Pfirsiche mit einer Dose Nestle-Milch als Sahne. Außerdem hatte Tessie kleine Bratwürstchen besorgt.

„Wir haben nichts zu trinken!“ flüsterte Winni am Ende der Rechenstunde.

„Doch, ich habe ein paar Flaschen Limonade“, flüsterte Tessie zurück.

Fräulein Jenks hörte das Wort Limonade. „Tessie, was hat Limonade mit unserer Rechenstunde zu tun?“

„Nun ... eigentlich nichts“, sagte Tessie, der keine Ausrede einfiel. „Entschuldigen Sie, Fräulein Jenks.“

Ruth, Hetty und Nora blinzelten sich zu. Sie wußten ja Bescheid. Erika sah das geheime Einverständnis und lächelte vor sich hin. Sie würde ihnen die Party schon verderben.

Im Musikzimmer war alles für die Nacht versteckt. Jedes der Mädchen schlich einmal hinein und schielte in den Schrank. Die Musiklehrerin wäre sicherlich fassungslos gewesen, wenn sie das gleiche getan hätte, denn anstelle von alten Notenblättern und Liederbüchern war ein riesiger Berg von Leckerbissen aufgestapelt.

„Wie bleiben wir bis zwölf wach?“ fragte Hanni.

„Oh, ich werde um zwölf wach“, sagte Jenni, die sich seit kurzem einbildete, sie könne zu jeder beliebigen Zeit aufwachen. „Ich sage einfach ‚zwölf Uhr‘, bevor ich einschlafe. Und dann werde ich um Mitternacht wach! Ihr könnt euch auf mich verlassen.“

„Hoffentlich“, meinte Hanni zweifelnd. „Ich habe es schon oft versucht, aber bei mir wirkt es nicht. Ich schlafe immer weiter.“

„Das ist eben Willenskraft“, sagte Jenni. „Macht euch keine Sorgen — ich wecke euch schon rechtzeitig.“

Aber Mitternacht kam und Jenni schlief weiter. Ihre Willenskraft war anscheinend in dieser Nacht nicht stark genug. Die drei Mädchen hätten die Party bestimmt verpaßt, wenn die Kameradinnen aus dem anderen Schlafsaal nicht nachgeschaut hätten.

Hanni wurde wach, als jemand ihren Arm berührte. Sie wollte gerade einen Angstschrei ausstoßen, als sie Winni erkannte. „Hanni! Wollt ihr drei denn nicht kommen?“ flüsterte Winni.

„Natürlich!“ sagte Hanni. „Ich wecke die anderen.“ Sie warf die Bettdecke zurück, schlüpfte in die Hausschuhe und zog ihren Morgenrock an. Dann weckte sie Nanni und Jenni. Kurz darauf schlüpften die drei Mädchen hinüber ins Musikzimmer.

„Was war denn mit euch los?“ fragte Tessie erstaunt. „Es ist schon ein Viertel nach zwölf.“

„Es war meine Schuld“, sagte Jenni und starrte verlegen auf den Boden. „Ich hatte versprochen, sie zu wecken, und ich hab’s verschlafen. Ich muß schon sagen, ihr habt wirklich herrliche Sachen zum Essen.“

Sofort machten sich die Mädchen über all die Leckerbissen her, wobei viel gekichert und gealbert wurde.

„O Ruth, du hast den ganzen Pfirsichsaft über meine Füße verschüttet", prustete Jenni los.

„Leck ihn doch ab", sagte Ruth. „Ich wette, du kannst es nicht."

Jenni, die sehr gelenkig war, versuchte sofort, den Saft von den Zehen zu lecken. Dabei verlor sie das Gleichgewicht und fiel vom Klavierstuhl.

„Jenni! Du sitzt auf den Würstchen!" zischte Tessie verzweifelt. „Steh endlich auf! Oh, die armen Würstchen, alle platt wie Pfannkuchen!"

Die Mädchen konnten sich kaum noch halten vor Lachen. Tessie versuchte, die kleinen Würstchen wieder in ihre ursprüngliche Form zurückzubiegen.

„Wann braten wir sie endlich?" fragte Nanni, die für ihr Leben gern Würstchen aß.

„Zum Schluß", sagte Tessie. „Das heißt, wenn Jenni uns noch etwas übrigläßt."

Die Limonadenflaschen wurden aufgemacht. Dabei gab es jedesmal einen lauten Knall.

„Wenn bloß niemand diese Knallerei hört!" meinte Ruth.

„Sei unbesorgt", beruhigte sie Tessie. „Es schlafen doch alle. Selbst in unserem Schlafsaal hat niemand etwas gemerkt."

Aber Tessie irrte sich. Es stand nämlich schon jemand vor der Tür und schielte durchs Schlüsselloch.

Tessie reichte die Schachtel Pralinen herum. „Heute nachmittag haben wir die falsche Schlange Erika erwischt, als sie sich selbst bediente", sagte sie laut. „Ist das nicht die Höhe?"

„Oh, sie macht immer solche Sachen", sagte Hanni. „Man kann ihr nicht trauen."

Erika stiegen die Tränen in die Augen. Die Mädchen hatten ihr zwar schon oft unangenehme Dinge ins Gesicht gesagt, aber es war weit schlimmer, wenn sie es hinter ihrem Rücken taten. Langsam stieg die Wut in ihr hoch.

Ich werde ihnen einen gehörigen Schrecken einjagen! schwor sie sich. Und dann hole ich Fräulein Jenks.

Erika klopfte leise an die Tür und sprang schnell wie der Blitz in einen Schrank.

Die Mädchen bekamen einen ungeheuren Schreck. Sie hörten sofort auf zu sprechen, und Tessie stellte mit zitternder Hand die Pralinenschachtel auf den Boden. Mit weit aufgerissenen Augen blickten sie sich an.

„Wer war das?“ flüsterte Tessie.

„Ein Klopfen an der T-t-t-ür“, stotterte Winni.

Dann trat Totenstille ein. Alle starrten zur Tür und warteten. Aber es ereignete sich nichts.

Erika hielt sich eine ganze Weile im Schrank versteckt. Als sie nichts hörte, kroch sie wieder heraus und klopfte noch einmal, diesmal aber kräftiger. Dann sprang sie wieder in ihren Schrank zurück und rieb sich vor Schadenfreude die Hände.

Die acht Mädchen verloren beim zweiten Klopfen ihre Fassung.

„Da muß jemand draußen sein“, sagte Tessie kreidebleich. Tapfer ging sie zur Tür und öffnete sie. Niemand war da! Tessie knipste ihre Taschenlampe an. Der Flur war leer. Sie schloß die Tür und ging zurück auf ihren Platz. „Es ist niemand da“, sagte sie.

„Unsinn“, sagte Jenni. „Türen klopfen nicht von allein! Jemand hat sich einen Spaß erlaubt.“

„Sollen wir ins Bett gehen und die Würstchen nicht braten?“ fragte Tessie.

Das war zuviel für Nanni. „Was, die Würstchen nicht braten? Darauf habe ich mich schon den ganzen Abend gefreut!“ rief sie entrüstet.

„Halt den Mund! Willst du die ganze Schule aufwecken?“ sagte Hanni und gab ihr einen Stoß in die Rippen, daß sie fast vom Stuhl fiel. „Du kannst die Würstchen ruhig braten, Tessie. Wahrscheinlich war es der Wind!“

Die Würstchen wurden in die Pfanne gelegt, und bald brutzelten sie auf dem Kocher.

Erika war inzwischen aus dem Schrank geklettert. Der köstliche Geruch stieg ihr in die Nase und machte sie hungrig. Sie überlegte, was sie als nächstes tun sollte. Plötzlich hörte sie ein Geräusch, und blitzschnell war sie im Schrank verschwunden. Was konnte das nur gewesen sein?

Dann wußte sie Bescheid! Mamsell war in ihrem Arbeitszimmer. Sie blieb manchmal sehr lange auf, las oder bereitete sich auf den Unterricht vor. Erika lächelte böse vor sich hin. Sie hatte einen Plan!

„Ich klopfe an Mamsells Tür", sagte Erika zu sich selber. „Dann lauf ich zurück in den Schlafsaal. Mamsell wird die Tür öffnen, und wenn sie niemanden sieht, wird sie sich überall umschauen. Dann kann es ja nicht lange dauern, bis sie die Würstchen riecht."

Sie lief zu Mamsells Arbeitszimmer und klopfte dreimal kräftig an die Tür!

„Tiens!" erklang Mamsells überraschte Stimme. „Wer ist draußen?"

Natürlich kam keine Antwort, denn Erika war mucksmäuschenstill in ihren Schlafsaal zurückgeschlichen. Sie wußte, daß es bald Ärger geben würde, und sie wollte nicht beteiligt sein.

Mamsell schob ihren Stuhl zurück und stand auf. Sie riß die Tür auf, aber es war niemand da. Einen Moment blieb sie stehen und überlegte, ob sie sich vielleicht geirrt hatte. Dann aber hörte sie ein unterdrücktes Kichern, und durch den Flur zog der durchdringende Geruch gebratener Würstchen.

Mamsell macht eine Entdeckung

Mamsell traute ihren Sinnen nicht. Bratwürste zu dieser Nachtstunde! Das gab es doch nicht. Sie mußte träumen. Mamsell zwickte sich in den Arm, aber sie träumte nicht. Sie war hellwach! Morgen würde dort, wo sie sich gezwickt hatte, ein blauer Fleck sein.

Mamsell beschloß, der Sache nachzugehen. In ihren Pantoffeln schlurfte sie den Flur entlang und sah in einen Schlafsaal. Fünf Betten waren leer. Mamsell war in letzter Zeit nicht in bester Stimmung. Sie schlief nachts schlecht und hatte Schwierigkeiten im Unterricht. Jetzt war sie müde, nachdem sie stundenlang über Heften und Büchern gesessen hatte. Wut stieg in ihr hoch.

Das ist zuviel! dachte sie, als sie das Licht wieder auslöschte. Diese ungezogenen Mädchen! Wie können sie im Unterricht aufpassen, wenn sie um diese Nachtzeit herumbummeln? Ich werde sie Fräulein Theobald melden!

Mamsell stand auf dem Flur und schnüffelte. Sie konnte sich nicht erklären, wo der Geruch von Bratwürsten herkam. Dann hörte sie gedämpftes Kichern. Es kam aus dem nahen Musikzimmer.

Mamsell ging auf die Tür zu. Sie riß sie auf und blickte in den kleinen Raum.

Plötzlich herrschte tiefes Schweigen. Die Mädchen starrten erschrocken auf die riesige Gestalt im Türrahmen.

„Oh . . . Mamsell . . . Mamsell!“, stammelte Tessie schließlich.

„Ja, ich bin’s!“ sagte die Französischlehrerin, und ihre

Augen blitzten vor Zorn. „Was habt ihr zu eurer Entschuldigung vorzubringen?“

Tessie wußte nicht, was sie sagen sollte, schließlich hielt sie Mamsell vor lauter Verzweiflung auf einer Gabel eine Bratwurst entgegen. „Möchten Sie nicht ... möchten Sie nicht auch eine Wurst?“ fragte sie schüchtern.

Das war zuviel! Mamsell merkte nicht, wie verängstigt Tessie war, sie dachte, das Mädchen wolle sie noch auf den Arm nehmen.

Sie fegte die Wurst von der Gabel, und einen Augenblick lang glaubte Tessie, daß Mamsell ihr eine Ohrfeige geben würde. Sie duckte sich und hörte Mamsells dröhnende Stimme über sich.

Vor Schreck bot Tessie der empörten Mamsell ein Würstchen an

„So behandelt ihr also eure Französischlehrerin! Sofort geht ihr mit mir zu Fräulein Theobald!"

Einen Moment herrschte äußerste Bestürzung. Jetzt zu Fräulein Theobald, mitten in der Nacht, wenn sie schon im Bett lag! Das konnte doch nicht Mamsells Ernst sein.

„Bitte Mamsell!", sagte Jenni, die sich schneller als die anderen von ihrem Schreck erholt hatte. „Bitte nicht jetzt! Morgen früh reicht es doch auch noch! Wir möchten Fräulein Theobald nicht stören. Es tut uns so leid, daß wir Sie gestört haben, wir dachten, alles schläft."

„Aber eine von euch hat doch an meine Tür geklopft", sagte Mamsell erstaunt.

„Von uns?" sagte Jenni noch erstaunter. „Ausgeschlossen. Aber an unsere Tür hat auch jemand geklopft. Wer kann das nur gewesen sein?"

Mamsell war daran nicht interessiert. Ihr Zorn ebbte langsam ab, als sie die blassen, verängstigten Gesichter der acht Mädchen anschaute. Sie sah ein, daß es besser war, die Bestrafung bis morgen aufzuschieben.

„Nun gut, wir wollen Fräulein Theobald heute nacht nicht mehr stören", sagte sie. „Ihr geht jetzt in eure Betten. Und morgen früh könnt ihr versuchen, dieses ungeheuerliche Benehmen zu erklären."

Könnten ... könnten wir nicht noch die Würstchen schnell aufessen?" fragte Nanni. Aber diese Bemerkung ließ Mamsells Zorn noch einmal aufflackern. Sie packte Nanni fest am Arm und stieß sie aus dem Musikzimmer. „Du . . . du wagst es, so frech zu sein?" schrie sie. „Geht! Ihr solltet eigentlich alle versohlt werden! Verschwindet, bevor ich damit anfange!"

Die Mädchen hatten nun doch Angst, daß Mamsell ihre Drohung wahrmachen könnte. Sie liefen in ihre Schlafsäle und kletterten zitternd in die Betten. Was für ein trauriges Ende eines fröhlichen Festes!

Mamsell löschte das Licht. „Diese Gören!" sagte sie und zog die Schnur der Heizsonne aus dem Stecker.

Am nächsten Morgen führte sie die erstaunte Direktorin zum Musikzimmer, um ihr die Überreste des Festes zu zeigen. Fräulein Theobald betrachtete sich die Limonadeflaschen, die Bratpfanne mit dem kalten Fett und den restlichen Bratwürsten und die Krümel auf dem Boden.

„Die Mädchen sollen in der Pause zu mir kommen!" sagte die Direktorin. „Natürlich kann so etwas nicht erlaubt werden, Mamsell, aber irgendwann veranstalten die meisten Schülerinnen einmal ein Mitternachtsfest! Seien Sie nicht zu streng!"

Mamsell hielt die Mädchen an, als sie der Reihe nach

aus dem Speisesaal gingen. „Du Jenni — und Winni und Ruth und ihr beide . . . ihr acht sollt in der Pause zu Fräulein Theobald kommen."

In der Pause trafen sich die acht Mädchen vor der Tür der Direktorin. Sie waren alle aufgeregt, sogar Hanni, die gewöhnlich sehr forsch war. Tessie klopfte an.

„Herein", sagte Fräulein Theobald mit ihrer klaren Stimme.

Zaghaft gingen sie hinein. Sie fühlten sich sehr elend.

Die Direktorin sah sich die Schülerinnen der Reihe nach an. Dann begann sie zu sprechen. Sie erklärte ihnen, daß man unmöglich gut arbeiten könne, wenn man nur eine halbe Nacht schlafe. Die Vorschriften seien dazu da, daß man sie einhielte.

„Versteht mich richtig", sagte Fräulein Theobald, „ihr habt gegen die Schulregeln verstoßen und euch bei Mamsell ungezogen benommen. Trotzdem betrachte ich euer Vergehen nur als dummen Unfug. Natürlich müßt ihr dafür bestraft werden. Ihr dürft zwei Wochen lang nicht in die Stadt gehen. Das heißt: keine Spaziergänge, keine Einkäufe machen und keine Besuche im Café oder im Kino."

Eine Weile blieb es still. Das war eine schreckliche Strafe. Die Mädchen gingen so gern in die Stadt. Zwei Wochen waren eine sehr, sehr lange Zeit.

Aber niemand wagte zu protestieren. Alle wußten, daß Fräulein Theobald vollkommen recht hatte.

„Ich bin froh, daß es vorbei ist", sagte Hanni, als sie wieder draußen im Flur standen. „Und ich finde es anständig von Fräulein Theobald, daß sie unser Verhalten als dummen Scherz aufgefaßt hat."

„Ja", sagte Nanni nachdenklich. „Aber etwas Gemeines ist an der Sache, und zwar das Klopfen an Mamsells Zimmertür! Das ist das Niederträchtigste, was ich je gehört habe! Wir müssen herausfinden, wer es war, und den Schuldigen bestrafen!"

Eine schwere Zeit für Erika

Erika war voll Schadenfreude, als sie hörte, daß die acht Mädchen mit einer zweiwöchigen Ausgangssperre bestraft worden waren. Natürlich wagte sie nicht viel zu sagen, weil sie Angst hatte, sich zu verraten. Die Mädchen wollten unbedingt die Verräterin herausfinden. Am gleichen Abend noch trafen sie sich und besprachen die Sache.

„Sie soll nicht ungeschoren davonkommen“, erklärte Tessie entschlossen. „Kinder, war ich platt, als Mamsell von dem Klopfen an ihrer Tür sprach! Es muß dieselbe Person gewesen sein, die auch bei uns geklopft hat. Bestimmt wollte sie uns einen Schreck einjagen und das Fest verderben. Es tut mir furchtbar leid, daß ich euch alle eingeladen habe. Es ist meine Schuld.“

„Im Gegenteil, es war sehr nett von dir, uns ein Fest zu geben“, sagte Hanni. „Deswegen brauchst du dich nicht zu entschuldigen! Niemand hätte je davon erfahren, wenn nicht dieser gemeine Spielverderber gekommen wäre.“

„Hanni“, sagte Tessie plötzlich, „könnte es nicht deine Kusine gewesen sein? Du weißt doch, wie sie alles herausposaunt. Du hast ihr doch nichts gesagt?“

Hanni wurde rot. „Nicht ein Wort“, erwiderte sie. „Und außerdem mußt du bedenken, Tessie: du magst Elli nicht besonders — ich übrigens auch nicht, aber sie ist ganz bestimmt keine falsche Schlange. Elli kann zwar nicht den Mund halten, aber sie würde uns nie an Mamsell verraten.“

„Na schön“, sagte Tessie. „Ich kann mir einfach nicht vorstellen, wer es war, und ich sehe auch keinen Weg, es herauszufinden! Alle in unserem Schlafsaal haben geschlafen, als wir zurückkamen."

„Bei uns auch", sagte Hanni. „Das Ganze ist mir schleierhaft. Aber ich werde es erfahren, Tessie. Ich gebe nicht eher auf, als bis ich weiß, wer die Schuldige ist."

Aber es schien unmöglich, das herauszubekommen. Niemand hatte etwas Genaues gewußt, obwohl die meisten Mädchen zugaben, etwas geahnt zu haben.

Auch Elli hatte das Geheimnis nicht gekannt. „Und wenn, dann hätte ich euch nicht verraten", sagte sie, und eine zornige Röte flog über ihre Wangen. „Ihr habt zwar keine hohe Meinung von mir, aber ihr solltet wenigstens wissen, daß ich niemals petze."

„Wir wissen es ja", sagte Hanni schnell. „Aber siehst du, Elli, es ist komisch, niemand wußte etwas von der Party, und doch hat uns jemand verraten."

Ganz zufällig kam die Wahrheit ans Licht. Fanny, das kleine Küchenmädchen, wollte die Bratpfanne holen, die sie Tessie geliehen hatte. Sie konnte aber Tessie nicht finden. Auf der Treppe traf sie Hanni. „Oh, Hanni", sagte sie, „kannst du mir die Bratpfanne zurückgeben? Ich kann sie nicht finden. Ich wollte schon Erika fragen, aber sie war verschwunden, bevor ich sie ansprechen konnte."

„Erika hatte doch gar nichts damit zu tun", sagte Hanni. „Sie war nicht eingeladen."

„Trotzdem wußte sie Bescheid", sagte das kleine Küchenmädchen. „Ich traf sie nämlich, als sie vor dem Fest heraufkam. Sie hat meine Schürze zur Seite gezogen und die Bratpfanne gesehen. Und dann hat sie mit ihrer hochnäsigen Stimme gesagt: ‚Aha, das ist für Tessies Geburtstagsfeier!"

Hanni war überrascht. Natürlich konnte das eine Vermutung gewesen sein, aber immerhin hatte Erika die Bratpfanne gesehen, und bestimmt hatte sie daraufhin genau aufgepaßt und schließlich alles mühelos herausgefunden!

„Ich hole dir die Bratpfanne“, sagte Hanni und ging in das Musikzimmer, wo die Pfanne sichtbar auf dem Klavier stand. Sie war zwar gereinigt, sonst aber vergessen worden.

Fanny nahm sie und huschte die Treppe hinunter.

Hanni ging zu Nanni in den Gemeinschaftsraum. Sie wiederholte das Gespräch, das sie mit Fanny geführt hatte.

„Es war Erika“, sagte Hanni grimmig. „Ich bin eigentlich nicht erstaunt darüber, du etwa? Sie ist eine ganz falsche Schlange. Was wird Tessie wohl dazu sagen?“

Tessie sagte eine Menge. Ihre Augen sprühten vor Zorn.

„Wir werden sie uns schon gehörig vorknöpfen“, drohte sie. „Heute nach dem Kaffee. Kommt bitte in den Gemeinschaftsraum. Ich unterrichte inzwischen die anderen.“

Nach dem Kaffee ging Hanni zu Erika, die einen Brief schrieb.

„Erika, wir möchten mit dir sprechen“, sagte Hanni kalt. Erika blickte überrascht auf. Sie wurde blaß. Konnten die Mädchen ihr gemeines Spiel herausgefunden haben?

„Ich bin beschäftigt“, sagte sie unwillig. „Ich schreibe einen Brief.“

Unbeirrt schrieb sie weiter. Hanni verlor die Geduld und riß ihr einfach den Briefbogen aus der Hand. „Komm jetzt gefälligst!“ sagte sie drohend. „Oder sollen wir Gewalt anwenden?“

Erika blieb nichts anderes übrig, als aufzustehen und zu den Mädchen hinüberzugehen.

Sie war fest entschlossen, alles abzustreiten.

„Erika, wir wissen, daß du damals in der Nacht an die Tür des Musikzimmers geklopft hast“, sagte Hanni. „Du hast uns auch an Mamsell verraten. Du bist falsch und gemein. Aber deine Strafe wirst du bekommen!“

„Ich weiß gar nicht, wovon ihr sprecht“, sagte Erika mit verräterisch hoher Stimme und wagte nicht, den anderen in die Augen zu sehen.

„Du weißt es ganz genau“, sagte Tessie. „Hanni hat alles

herausgefunden. Du hast Fanny auf der Treppe getroffen, als sie etwas für uns heraufbrachte."

„Ich weiß nichts von der Bratpfanne", sagte Erika.

Hanni schaltete sofort. „Woher weißt du denn, daß uns Fanny eine Bratpfanne brachte? Jetzt hast du dich selber verraten!"

Die anderen Mädchen, die sich noch im Aufenthaltsraum aufhielten, traten neugierig näher. Elli kam auch heran. Die großen, blauen Augen fielen ihr fast aus dem Kopf.

„Ach, Erika hat euch verraten?" sagte sie. „Das hätte ich mir denken können. Sie ist nämlich dauernd um mich herumgeschwänzelt und wollte wissen, was ihr für ein Geheimnis habt."

„Gut für dich, Elli, daß du nichts ausgeplaudert hast", sagte Hanni grimmig. „Oh, Erika, du bist ja so niederträchtig, aber sei jetzt wenigstens anständig und gib es zu!"

„Ich weiß von nichts", sagte Erika dickköpfig. „Es ist nicht recht von euch, daß ihr so über mich herfallt, ich weiß überhaupt nichts."

„Nun komm, Erika, gib es schon zu!" riefen die übrigen Mädchen, die sich neugierig um die Gruppe geschart hatten.

Aber Erika wollte nicht gestehen. Sie war zu verstockt.

So machte sie alle noch wütender. „Na schön", sagte Hanni. „Du gibst es also nicht zu. Dafür gibt es halt zwei Strafen statt einer. Du erhältst eine Strafe für Schnüffelei und eine für Lügen."

„Ja", bestätigte Tessie. „Und die erste Strafe besteht darin, daß du genauso wie wir zwei Wochen lang nicht in die Stadt gehst. Ist das klar?"

„Ich gehe doch", sagte Erika.

„Nein, du wirst nicht gehen", sagte Tessie. „Ich bin Klassensprecherin und verbiete hiermit jeder, dich in die Stadt zu begleiten. Und du weißt ja, daß du allein nicht gehen darfst, nicht wahr?"

Erika war geschlagen, und sie wußte es. Kein Mädchen

wagte es, allein in die Stadt zu gehen, denn das war streng verboten. Erika wurde rot und schwieg.

„Und die zweite Strafe überlasse ich deinen Kameradinnen“, sagte Hanni, und ihre Augen blitzten. „Ich bin völlig sicher, Erika, daß niemand mehr mit dir sprechen oder sonst irgend etwas mit dir zu tun haben will. Das ist die gerechte Strafe für dein Verhalten!“

„Nein, wir sprechen nicht mehr mit ihr“, murmelten die Mädchen, die dabei waren. Erika stand eine schlimme Zeit bevor!

Sie ging an ihren Platz zurück, aber ihre Hand zitterte, als sie versuchte, den Brief zu Ende zu schreiben. Sie schämte sich, aber zur gleichen Zeit war sie sehr wütend, vor allem auf Hanni!

Sie hat es also herausgefunden und den anderen gesagt! dachte Erika. Na gut, das werde ich dir schon heimzahlen und deiner dummen Zwillingsschwester auch!

Margret erhält eine Chance

Die Zwillinge und ihre Klassenkameradinnen trafen nicht sehr oft mit Erika zusammen, denn sie war in der nächsthöheren Klasse. Aber wenn sie ihr auf dem Flur, im Zeichensaal oder in der Turnhalle begegneten, dann schauten sie in die andere Richtung. Abends im Aufenthaltsraum war es noch schrecklicher für Erika. Niemand wollte etwas mit ihr zu tun haben, und laute Bemerkungen, wie falsche Schlange und Feigling, waren nicht zu überhören. Die einzige, die ab und zu ein Wort an sie richtete, war die mürrische Margret Fenworthy. Erika hatte zwar wie alle anderen eine Abneigung gegen Margret, aber sie war so dankbar, weil überhaupt jemand mit ihr sprach, daß sie fast anfing, das mürrische Mädchen gern zu haben.

„Ich wundere mich, daß du mit Erika sprichst, Margret", sagte Hanni, als sie hörte, daß Margret sich Erikas Farbstifte auslieh.

„Kümmere dich um deine Angelegenheiten", sagte Margret grob. „Zu mir ist auch niemand freundlich, und ich weiß, was es heißt, ekelhaft behandelt zu werden."

„Aber Margret, das ist doch dein eigener Fehler", sagte Hanni überrascht. „Du bist immer so grob und machst nie einen Spaß mit."

„Niemand hat mich je gebeten, mitzumachen", erwiderte Margret. „Ihr seid froh, wenn ihr mich nicht seht."

„Margret, das stimmt gar nicht!" rief Hanni. „Es liegt allein an dir. Du gibst uns nie eine Möglichkeit, nett zu dir zu sein. Du meckerst immer nur und zeigst die ganze Zeit ein finsteres Gesicht."

„Wenn ihr mir nur meine schlechten Eigenschaften vorhalten wollt, so spart euch besser die Mühe", sagte Margret wütend. „Niemand von euch interessiert mich auch nur im geringsten. Und wenn ich mit der erbärmlichen Erika sprechen will, dann spreche ich mit ihr. Wer in aller Welt ist schon an einem Haufen alberner Mädchen und einer Rotte eingebildeter Lehrer interessiert? Ich nicht!"

Hanni war erstaunt. Wie seltsam Margret doch war! Wollte sie sich nun mit den Kameradinnen anfreunden? War ihre Grobheit eine Art Schüchternheit, oder was steckte sonst hinter ihrem eigenartigen Verhalten?

Hanni unterhielt sich darüber mit ihrer Zwillingsschwester. „Margret macht sich dauernd Feinde", sagte sie. „Ich habe heute mit ihr gesprochen, und sie hat behauptet, daß wir ihr nie die Gelegenheit geben, sich von einer netteren Seite zu zeigen. Meinst du, wir sollten da etwas unternehmen?"

In diesem Augenblick kam Lucie auf sie zu, um ihnen ein Bild zu zeigen, das sie gerade gemalt hatte . . . „Oh, Lucie, was für eine tolle Zeichnung, Mamsell, wie sie leibt und lebt!“

Lucie hatte die besondere Begabung, jedes Mädchen und jede Lehrerin mit ein paar Bleistiftstrichen so zu zeichnen, daß man sofort wußte, wer es war.

„Genauso sieht Mamsell aus, wenn sie sagt: ‚Ah, Dorrr-is, du bist unerträglich!“ sagte Hanni. „Hör zu, Lucie, wir unterhalten uns gerade über Margret.“

„Soll ich sie zeichnen?“ fragte Lucie. Und sofort setzte sie sich hin und zeichnete Margrets mißmutiges, im Grunde aber hübsches Gesicht. Und dann zeichnete sie eine andere Margret, ein fröhlich lächelndes Mädchen.

„Bevor sie nach Lindenhof kam und danach!“ lachte Lucie.

„Donnerwetter, das ist toll“, meinte Nanni. „Schade, daß Margret nicht immer so aussieht wie auf der zweiten Zeichnung. Weißt du, daß Margret gesagt hat, wir seien nie freundlich zu ihr?“

„Es ist gerade umgekehrt“, entgegnete Lucie und begann wieder zu zeichnen. „Sie ist nie freundlich zu uns.“

„Genau das finde ich auch“, sagte Hanni eifrig. „Oh, Lucie, ist das Erika? Meine Güte, sieht die häßlich aus.“

„Und so fühlt sie sich auch“, sagte Lucie. „Ich bin froh, wenn wir wieder mit ihr sprechen können. Ich finde es schrecklich, zu jemandem eklig zu sein, selbst wenn er es verdient. Ich komme mir dann ganz erbärmlich vor.“

„Lucie, was meinst du? Sollten wir Margret eine Gelegenheit geben, zu zeigen, wie sie wirklich ist, auch wenn sie uns so viele Schwierigkeiten macht?“ schlug Hanni vor. „Weißt du, Nanni und ich waren zuerst auch recht unausstehlich, und trotzdem war jeder nett zu uns.“

„Einverstanden“, sagte Lucie und strich sich die dunklen Locken aus ihrem freundlichen, hübschen Gesicht. „Aus irgendeinem Grunde scheint Margret zu glauben, daß sie uns unterlegen und jeder gegen sie sei. Wer weiß, warum sie die komische Idee hat, aber sie hat sie nun einmal. Ich möchte ihr gegenüber schon ganz gern freundlich sein."

„Wir sagen es auch den anderen", sagte Hanni. Die meisten Mädchen standen diesem Vorschlag mißtrauisch gegenüber, denn sie konnten Margret wirklich nicht leiden. Trotzdem versprachen sie, Lucie und die Zwillinge zu unterstützen. Selbst Elli war einverstanden, und gerade sie hatte sehr viel unter Margrets Grobheit zu leiden. Margret hielt Elli für eine kleine alberne Gans, und sie hatte es ihr oft genug gesagt.

In der nächsten Zeit wurde Erika geschnitten, zu Margret aber waren alle besonders nett. Das erste Anzeichen eines freundlicheren Gesichts zeigte sie in der Turnhalle. Margret war eine besonders gute Sportlerin, und als sie einen ausgezeichnet gelungenen Überschlag machte, klatschten die Mädchen.

Margret schaute sich erstaunt um. Sie lächelte leicht und ging auf ihren Platz zurück. Auch die Lehrerin lobte sie. Margret bemühte sich, ihre Freude nicht zu deutlich zu zeigen, aber sie konnte es nicht ändern, daß sie rot wurde.

Hanni sprach sie an. „Margret, du bist einfach toll im Turnen", sagte sie.

„Ich turne sehr gerne", sagte Margret, diesmal in ganz normalem Ton. „Mir geht nichts über Sport. Ich reite auch sehr gern. In meiner früheren Schule gab es sogar Pferde."

„Auf welcher Schule warst du denn, ehe du herkamst?" fragte Nanni, die sich freute, daß das Gespräch so normal verlief.

Aber aus irgendeinem Grunde wollte Margret nicht antworten. Sie wandte sich ab, und ihr Gesicht hatte wieder den alten, mißmutigen Ausdruck. Die Zwillinge waren enttäuscht.

Trotzdem merkte Margret, daß man sich bemühte, nett zu ihr zu sein, und sie erwiderte die Freundlichkeit auf vielerlei Weise. Sie gab nicht mehr so grobe Antworten; ab und zu bot sie auch ihre Hilfe an, wenn jemand in Schwierigkeiten war. Sie wollte sogar der ungeschickten Elli Sportunterricht geben.

Aber Elli lehnte ab. „Warum will jeder eine gute Handballspielerin aus mir machen?“ murrte sie. „Ich hasse Handball. Ich hasse jeden Sport. Ich mag nicht über ein schmutziges Spielfeld laufen und dabei schwitzen und außer Atem geraten. Wir sehen immer scheußlich aus, wenn wir aufhören.“

„Elli, mußt du eigentlich immer an dein Aussehen denken?“ rief Jenni. „Du bist eitel wie ein Pfau. Hoffentlich bekommst du morgen einen ganzen Haufen Pickel!“

„Sei nicht gemein!“ sagte Elli, und die Tränen, die so leicht kamen, begannen zu fließen.

„Meine Güte, benimm dich doch nicht wie ein kleines Kind“, rief Jenni. „Deine Kusinen waren ja schlimm genug, als sie letztes Jahr herkamen, aber sie drehten wenigstens nicht bei jeder Gelegenheit den ‚Wasserhahn‘ auf!“

„Das will ich wohl meinen!“ fuhr Hanni hitzig auf. Sie hatte nicht übel Lust, Jenni zurechtzuweisen, die wieder einmal ihrer scharfen Zunge freien Lauf ließ.

Jenni gab ihr einen freundschaftlichen Stoß. Sie wollte sich nicht mit den Zwillingen streiten, die sie wirklich mochte.

Obwohl Margret nun zu den Mädchen viel netter war, benahm sie sich den Lehrerinnen gegenüber immer noch sehr unfreundlich. Im Unterricht strengte sie sich in keiner Weise an. Seltsam war nur, daß alle Lehrerinnen eine grenzenlose Geduld mit ihr hatten.

„So patzig sollten wir einmal sein. Da würden wir aber etwas zu hören bekommen“, sagte Hanni fast jeden Tag. „Ich verstehe das nicht. Habt ihr gesehen, was Margret für eine Hausaufgabe abgegeben hat? Sie hatte nur eine halbe Seite geschrieben, und die sah noch ganz furchtbar aus.“

„Na, und denk nur an das Rechnen!“ fiel Hildegard ein. „Ehrlich gesagt, ich glaube, sie hatte heute morgen nicht eine einzige Rechnung richtig, und Fräulein Roberts sagte überhaupt nichts dazu.“

„Sie verrät auch nicht, wie alt sie ist“, erklärte Hanni. „Ich glaube, Margret ist schon vierzehn! Und die meisten von uns sind doch erst zwölf oder höchstens dreizehn.“

„Nun ja, uns soll's gleich sein. Sie kann schließlich nichts dafür, daß sie so dumm ist“, meinte Lucie. „Auf jeden Fall ist sie eine gute Handballspielerin. In der nächsten Woche spielen wir gegen die Eichenwald-Schule. Wetten, daß sich Margret bewährt? Wißt ihr übrigens, daß sie für die Mannschaft aufgestellt worden ist?“

„Wirklich?“ fragte Hanni. „Oh, könnte ich doch mitmachen! Ich habe die Namensliste noch nicht gesehen.“

„Du bist nicht dabei“, sagte Jenni. „Ich habe nachgesehen. Außer Margret ist keine aus unserer Klasse dabei, und nur zwei von der dritten Klasse sind aufgestellt. Die übrigen kommen aus der vierten. Margret kann sich etwas darauf einbilden. Aber zugegeben, sie ist ja auch ausgesprochen schnell.“

„Nun, wenn sie schon vierzehn ist, dann kann sie das auch sein“, sagte Elli gehässig.

„Halt den Mund“, entgegnete Hanni. „Wir wissen ja gar nicht, ob das stimmt. Posaune es ja nicht überall herum!“

„Ich posaune gar nichts herum“, sagte Elli beleidigt. Aber niemand kümmerte sich mehr um sie.

Als die zwei Wochen Hausarrest fast herum waren und die acht Mädchen schon Pläne für den ersten Stadtbummel machten, ereignete sich der große Streit. Margret war an allem schuld; und in zehn Minuten zerstörte sie die ganze Freundlichkeit, die so mühevoll aufgebaut worden war. Es passierte in der Geschichtsstunde. Die Mädchen waren entsetzt über den Vorfall, und dann sprach man nur noch von dem „großen Streit“.

Der große Streit

Fräulein Lewis gab Geschichtsunterricht. Sie erzählte von der Entdeckung Amerikas, und gewöhnlich hörte die Klasse, die vor der Lehrerin großen Respekt hatte, sehr aufmerksam zu.

Selbst Margret paßte bei Fräulein Lewis besser auf als bei den anderen Lehrerinnen, hauptsächlich, weil sie an Geschichte interessiert war, ein bißchen aber auch, weil sie vor Fräulein Lewis und ihren scharfen Augen Angst hatte.

Doch heute morgen schien mit Margret etwas nicht zu stimmen. Die Mädchen bemerkten es, als sie sich zum Frühstück hinsetzte. Ein Brief lag neben ihrem Teller, und Margret öffnete ihn erst, als sie allein war. Von diesem Augenblick an war sie wieder das mißmutige Mädchen. Natürlich ahnte niemand, daß es mit dem Brief zusammenhing.

Schon bei Fräulein Roberts zeigte sie sich unaufmerksam. Die Lehrerin war wie immer sehr geduldig mit ihr. Im Französischunterricht brütete sie vor sich hin, nachdem Mamsell sie einmal scharf angeschaut, sonst aber in Ruhe gelassen hatte.

In der Geschichtsstunde war sie etwas freundlicher. Sie hörte zu, beteiligte sich aber nicht am Gespräch zwischen der Lehrerin und der Klasse.

Hilda meldete sich. „Fräulein Lewis! Im Theater wird zur Zeit ein Stück gegeben, das von der Entdeckung Amerikas handelt. Sicher würden wir viel daraus lernen."

„Ja", sagte Fräulein Lewis. „Es ist ein sehr interessantes Schauspiel."

„Oh, Fräulein Lewis, könnten Sie da nicht mit uns hingehen?“ rief Hilda, die sehr gern ins Theater ging.

„Ja, Fräulein Lewis!“ schrie der Rest der Klasse. „Das wäre herrlich!“

„Ruhe“, sagte Fräulein Lewis und klopfte auf ihr Pult. „Denkt daran, daß nebenan Unterricht ist. Wann wird das Stück denn gespielt, Hilda?“

Hilda hatte es sich aufgeschrieben. „Am Samstagnachmittag ist eine Sondervorstellung“, sagte sie. „Ach, Fräulein Lewis, gehen Sie doch mit uns hinein! Ich möchte es so gern sehen!“

„Das ist gerade mein freies Wochenende“, sagte Fräulein Lewis bedauernd. „Ich will mit Fräulein Walker einen Ausflug machen, und wir haben uns schon darauf vorbereitet.“

„Zu dumm!“ sagte Hanni. „Es wäre so schön gewesen. Aber wir können es nicht ändern, Fräulein Lewis.“

„Ja . . . ich weiß nicht“, sagte Fräulein Lewis langsam. „Vielleicht können wir es doch ändern? Ihr seid in letzter Zeit recht fleißig gewesen, und dafür solltet ihr eigentlich belohnt werden. Ich will versuchen, den Ausflug mit Fräulein Walker zu verschieben.“

„Aber nein, das möchten wir nicht“, sagte Jenni sofort. „So selbstsüchtig sind wir nun auch nicht!“

Fräulein Lewis lachte. Sie hatte ihre offenen, herzlichen Schülerinnen sehr gern. „Es wird sich schon einrichten lassen“, sagte sie. „Ich spreche mit der Direktorin, vielleicht können wir sogar mit dem Schulbus fahren. Wir gehen ins Theater, schauen uns die Aufführung an und trinken anschließend noch gemeinsam eine Tasse Kaffee.“

Die Klasse jauchzte vor Vergnügen. Die Mädchen strahlten und klatschten in die Hände. Selbst Margret schien sich zu freuen.

„Sie sind sehr nett, Fräulein Lewis!“ sagte Jenni. „Vielen Dank. Macht es Ihnen wirklich nichts aus?“

„Oh, es macht mir furchtbar viel aus“, sagte Fräulein Lewis und zwinkerte mit den Augen. „Glaubt ihr etwa, daß es ein Vergnügen ist, mit zwanzig lärmenden Gören in die Stadt zu fahren?

Alles lachte. Fräulein Lewis konnte manchmal sehr spitzzüngig sein, aber trotzdem war sie in Ordnung.

„Nun aber Ruhe“, sagte Fräulein Lewis warnend. „Ihr werdet jetzt alle arbeiten und mir zeigen, daß ihr den Ausflug verdient habt. Keine Faulenzerei mehr in diesem Jahr!“

„Natürlich nicht!“ beteuerten die Mädchen und waren fest entschlossen, sich in Zukunft besonders anzustrengen.

Doch schon zehn Minuten später ereignete sich der große Streit. Die Mädchen hatten die Geschichtsbücher offen vor sich liegen und betrachteten eine Landkarte, die Fräulein Lewis erklärte, nur Margret paßte nicht auf. Sie hatte zwar auch ihr Buch offen, aber sie hatte den Brief von heute morgen auf die Landkarte gelegt. Mit finsterem Gesicht las sie ihn.

Fräulein Lewis sagte etwas zu Margret, erhielt aber keine Antwort. Das Mädchen hatte die Frage gar nicht gehört. Sie war zu sehr mit ihren eigenen Gedanken beschäftigt. Fräulein Lewis wiederholte ihre Frage.

„Margret! Du paßt nicht im geringsten auf! Was hast du in deinem Buch?“

„Nichts“, sagte Margret und versuchte, den Brief verschwinden zu lassen. Fräulein Lewis wurde sehr ärgerlich.

„Bring mir sofort diesen Brief!“ befahl sie.

„Er gehört mir“, erwiderte Margret mit ihrem finstersten Blick.

„Das weiß ich“, sagte Fräulein Lewis erzürnt. „Gib ihn mir trotzdem. Ich werde ihn aufbewahren. Dann kommst du nicht mehr in Versuchung, ihn während des Unterrichts zu lesen. Und jetzt bring mir sofort den Brief.“

„Was! Damit Sie ihn lesen können!“ platzte Margret wütend heraus. „Niemand darf meine Post lesen!“

„Margret! Du vergißt dich", sagte Fräulein Lewis kalt. „Glaubst du etwa, ich würde deinen Brief lesen? Das weißt du doch genauso gut wie ich. Trotzdem werde ich ihn jetzt für den Rest des Tages beschlagnahmen. Heute abend kannst du zu mir kommen und ihn abholen, und gleichzeitig kannst du dich für dein Benehmen entschuldigen."

„Ich entschuldige mich nicht", sagte Margret grob. Alle Mädchen waren entsetzt.

„Sei endlich ruhig", sagte Hanni, die neben ihr saß. „Wie kannst du es wagen, so zu reden!"

Wie konnte Margret so dreist sein!

„Halte du den Mund!" schrie Margret und schaute Hanni wütend an. „Ich lasse mir von niemandem etwas gefallen, noch nicht einmal von der Direktorin. Fräulein Lewis soll ihre spitze Nase gefälligst in ihre eigenen Angelegenheiten stecken. Von mir erfährt sie nichts!"

„Margret!" riefen die Mädchen fassungslos. Margret war rot angelaufen, und ihre Augen blitzten böse.

Fräulein Lewis war ganz weiß geworden. Sie preßte ihre Lippen zusammen und stand auf.

„Geh aus dem Zimmer", sagte sie mit kalter, beherrschter Stimme. „Ich muß mir erst überlegen, ob ich dich in meinem Unterricht noch dulden kann."

„Ich gehe schon", sagte Margret. „Wenn ich könnte, würde ich auch gleich von der Schule gehen! Ich wollte ja nicht herkommen. Ich wußte, was passieren würde! Ich habe euch alle satt!"

Sie warf den Kopf in den Nacken und verließ das Klassenzimmer. Aber draußen lehnte sie sich gegen die Wand und weinte bitterlich. Sie war vollkommen durcheinander.

Zufällig kam Fräulein Theobald gerade vorbei, als Margret sich die Augen abwischte und überlegte, wo sie hingehen sollte. Die Direktorin sah Margret besorgt an.

„Komm einmal mit", sagte sie. „Es ist etwas passiert, nicht wahr? Du mußt mir alles erzählen."

„Es hat doch keinen Sinn", sagte Margret. „Sie werden mich von hier wegschicken. Aber mir ist es ganz gleichgültig. Mir ist es vollkommen gleichgültig."

„Nein, dir ist es bestimmt nicht gleichgültig", sagte Fräulein Theobald. „Aber jetzt komm bitte. Wir können hier doch nicht auf dem Flur darüber sprechen. Die Mädchen kommen ja bald aus den Klassenzimmern."

Margret blickte in das ernste, stille Gesicht von Fräulein Theobald. Sie fühlte, daß sie zu ihr Vertrauen haben konnte. Ihr Zorn verrauchte. Margret schluchzte noch einmal auf und folgte Fräulein Theobald.

Im Klassenzimmer war inzwischen ein wildes Durcheinander ausgebrochen. Die Mädchen waren sehr wütend auf Margret.

„Dieses Biest! Wie konnte sie sich nur so aufführen!"

„Gerade, nachdem Fräulein Lewis für uns ihren freien Samstag opfern will!"

„Es ist reine Zeitverschwendung, zu so einer nett zu sein!"

„Ich spreche nie mehr mit ihr!"

„Sie verdient, rausgeschmissen zu werden!"

„Fräulein Lewis! Wir entschuldigen uns alle für Margrets Benehmen!"

„Mädchen, Mädchen, seid bitte still", sagte Fräulein Lewis, setzte ihre Brille auf und schaute sich in der Klasse um. „Es besteht kein Grund für diesen Lärm. Schlagt jetzt bitte Seite sechsundfünfzig auf. Ich möchte kein Wort mehr über Margret hören."

Also wurde während des Unterrichts in der Klasse nicht mehr über die Sache gesprochen. Draußen aber danach um so mehr! Wie alle auf Margret schimpften! Die dritte Klasse bekam es brühwarm mitgeteilt und war entsetzt.

„Ich wäre gern dabeigewesen", sagte Tessie, die nichts gegen einen ordentlichen Krach hatte, solange sie nicht im Mittelpunkt stand. „Du liebe Güte! Muß Fräulein Lewis wütend gewesen sein!"

„Aber wo ist Margret jetzt?" fragte Hanni.

Niemand wußte es. Sie tauchte am Morgen und am Nachmittag nicht mehr auf, erst nach dem Kaffee kam sie in den Aufenthaltsraum. Sie war ziemlich bleich und hatte ein trotziges Gesicht. Wahrscheinlich ahnte sie, was die Mädchen über sie dachten.

„Hier kommt sie!" sagte Jenni. „Hoffentlich schämst du dich, Margret!"

Margret gab keine Antwort. Sie saß in einer Ecke und las — oder tat zumindest so — die ganze Zeit sagte sie kein einziges Wort. Die Mädchen machten ihr das Leben sauer. Selbst Erika war vergessen. Gegenüber Margret schien sie nun ganz harmlos.

„Ich bin gespannt, ob Margret morgen zur Geschichtsstunde kommt", sagte Jenni. „Ich wette, daß es Fräulein Lewis nicht erlaubt!"

Aber die Klasse erlebte eine Überraschung: Als Fräulein Lewis am nächsten Morgen zum Unterricht erschien, saß Margret auf ihrem gewohnten Platz.

„Guten Morgen, Mädchen", sagte Fräulein Lewis, und fügte dann hinzu: „Margret, geh bitte zu Mamsell, sie möchte kurz mit dir sprechen. Sie ist jetzt in ihrem Arbeitszimmer. Danach komm sofort zurück."

Margret ging überrascht hinaus. Als sie draußen war, wandte sich Fräulein Lewis an die Klasse. „Ich möchte nur sagen, daß sich Margret wegen ihres schlechten Benehmens entschuldigt hat. Sie führte ein langes Gespräch mit Fräulein Theobald. Gestern abend kam sie dann zu mir und bat um Verzeihung. Deshalb nehme ich sie wieder in meinen Unterricht auf. Ich glaube nicht, daß so etwas noch einmal vorkommt. Ich bitte euch, den Vorfall so schnell wie möglich zu vergessen."

„Aber . . . Fräulein Lewis . . ., wird sie nicht bestraft?" fragte Jenni entrüstet.

„Vielleicht ist sie bestraft worden", sagte Fräulein Lewis und setzte ihre Brille wieder auf. „Ich denke, wir können das der Direktorin überlassen, nicht wahr? Nun kein Wort mehr darüber. Schlagt bitte Seite sechsundfünfzig auf."

Die Klasse las schon, als Margret zurückkam. Mamsell hatte sie nur wegen einer sehr unbedeutenden Sache sprechen wollen. Das Mädchen vermutete, daß sie nur weggeschickt worden war, damit Fräulein Lewis in ihrer Abwesenheit mit der Klasse sprechen konnte. Mit rotem Gesicht setzte sie sich auf ihren Platz. An diesem Morgen war sie sehr aufmerksam. Fräulein Lewis hatte keinen Grund, sich über sie aufzuregen.

Aber in der Pause ging das Gerede über Margret wieder los. „Vergeßt es so schnell wie möglich!" brummte Jenni. „Wie kann Fräulein Lewis nur so etwas sagen? Margret gehört aus der Schule geworfen. Sich derart zu benehmen, nachdem wir so nett zu ihr waren! Man kann einem solchen Menschen einfach nicht helfen."

So wurde Margret wieder in ihre Einsamkeit zurückgestoßen. Niemand sprach mit ihr.

„Es ist zu schade, daß sie bei dem Wettspiel mitmacht", sagte Hanni. „Nun ja, ich werde nicht klatschen, wenn sie ein Tor wirft!"

Ein aufregendes Spiel

Die Tage vergingen schnell. Die Klasse machte ihren Ausflug zum Theater. Sie sahen ein ausgezeichnetes Schauspiel. Anschließend tranken sie gemütlich Kaffee. Fräulein Lewis hatte wirklich alles sehr fein vorbereitet.

„Gefüllte Nußhörnchen! Obsttorte! Meringen! Schokoladenkuchen!" zählte Jenni auf, als sie es Tessie und der dritten Klasse erzählte.

„Kinder, das war eine Sache! Ich weiß nicht, was besser war, die Aufführung oder das Essen. Beides war sagenhaft."

„War Margret auch dabei?" fragte Tessie neugierig. Natürlich hatten alle von dem großen Streit gehört. Selbst die Schülerinnen aus der obersten Klasse wußten davon.

„Ja, sie war dabei", sagte Hanni. „Ich an ihrer Stelle hätte ja nicht den Mut gehabt, mitzugehen. Sie sagte die ganze Zeit keinen Ton, aber zum Schluß hat sie sich bei

Fräulein Lewis bedankt. Ich finde es übrigens sehr anständig von Fräulein Lewis, daß sie Margret mitnahm."

„Ich auch", sagte Tessie. „Linda sagte gestern, daß sie Margret aus der Handballmannschaft nehmen würde, wenn sie eine gute Ersatzspielerin hätte. Linda mag Fräulein Lewis sehr gern. Du kannst dir vorstellen, wie wütend sie war, als sie von dem Streit erfuhr."

„Margret hat nur eine gute Eigenschaft: sie ist eine hervorragende Sportlerin", meinte Tessie. „Aber sie ist so wild, wenn sie spielt. Hoffentlich warnt Linda sie vor dem Spiel noch einmal. Wenn sie nämlich die Mädchen aus der Eichenwald-Schule zu hart angreift, wird sie vom Feld verwiesen. Und dann haben wir wenig Hoffnung, zu gewinnen."

Das Spiel fand auf dem eigenen Platz statt. Zwei gleichwertige Mannschaften standen sich gegenüber. Bis jetzt hatte jede Mannschaft elf Spiele gewonnen. Dieses Spiel würde also ziemlich aufregend werden.

„Margret, laß dich bitte zu keiner Dummheit hinreißen", sagte Linda zu Margret, als sie sich vor dem Spiel umzog. „Du verlierst manchmal den Kopf und vergißt, daß du sehr stark bist. Du kannst uns nur nützen, wenn du anständig spielst. Verlier bloß nicht deine Beherrschung."

Margret machte ein finsteres Gesicht, sagte aber nichts. Sie beugte sich vor, um ihre Schuhe zuzubinden. Hanni und Jenni kamen in den Umkleideraum, um Nanni und Elli zu suchen.

„Ach, da seid ihr ja!" sagte Hanni und ging auf die beiden zu. Es war dunkel im Umkleideraum, und deshalb sah sie Margret nicht, die sich über ihre Turnschuhe beugte. „Vergeßt nicht, wenn die gemeine Margret ein Tor wirft, wird weder geklatscht noch gerufen, verstanden?"

„In Ordnung, Hanni", sagten die anderen. „Sie verdient ja nicht einmal ein Flüstern, und sie wird es auch nicht bekommen!"

„Du bist ein Biest, Hanni!“ rief Margret plötzlich und richtete sich wütend auf. „Das hast du also geplant! Das sieht dir ähnlich!“

Die vier Mädchen blickten sich entsetzt an. Niemand hatte geahnt, daß Margret im Raum war.

„Ich brauche euren Beifall und eure Anfeuerungsrufe nicht“, sagte Margret und ging zur Tür. „Aber glaub mir, Hanni, ich rechne mit dir ab. Du wirst schon sehen!“

„Mir tun die Mädchen leid, die gegen sie spielen müssen!“ sagte Linda, als sie Margret mit finsterer Miene auf das Spielfeld kommen sah. „Sie ist wirklich ein außergewöhnlicher Mensch.“

Der Pfiff ertönte, und das Spiel begann. Es war ein schöner Nachmittag, ziemlich kalt, aber windstill. Die Mädchen, die zuschauten, trugen warme Mäntel und Wollmützen. Sie hatten die Hände in die Taschen gesteckt.

Zu Anfang war das Spiel etwas langsam. Die Spielerinnen waren noch nicht richtig warm und spielten vorsichtig. Die Schülerinnen der Eichenwald-Schule sahen auf den ersten Blick nicht sehr eindrucksvoll aus. Sie waren aber drahtig und rannten sehr schnell. Langsam kamen die Mädchen in Schwung, und das Spiel begann immer schneller und aufregender zu werden.

„Los, Ruth! Los, Tessie!“ schrien die Drittkläßler anfeuernd. Außer Margret, die zur zweiten Klasse gehörte, und Tessie und Ruth kamen alle Schülerinnen aus der vierten Klasse. Trotzdem war Margret das größte und stärkste Mädchen der Heimmannschaft. Sie war sogar größer als die Mädchen aus der vierten Klasse.

„Los, Maria! Wirf!“ schrien die Schülerinnen von Lindenhof, als ein flinkes Mädchen den Ball von Tessie bekam und auf Richtung Tor lossauste. Aber das Eichenwald-Mädchen, das sie deckte, war auch sehr schnell. Sie versuchte, Maria den Ball abzujagen, schaffte es aber nicht. Sie rief eine Kameradin zu Hilfe:

„Greif an! Los, greif an!"

Ein anderes Eichenwald-Mädchen rannte auf Maria zu. Die beiden prallten zusammen. Maria fiel hin, und der Ball rollte weg. Das Eichenwald-Mädchen nahm ihn auf und warf ihn in die entgegengesetzte Richtung zurück.

„Auf sie, Margret!" rief Linda von den Zuschauern her. „Los, los, lauf! Du schaffst es!"

Margret schoß wie ein Blitz davon! Sie sauste zu dem angreifenden Mädchen, sprang hoch, griff den Ball und gab ihn an Tessie weiter. Ab sauste Tessie, Richtung Tor. Sie warf, aber, oje, der Ball rollte weit daneben. Ein Pfiff ertönte.

„Margret spielt wirklich gut", sagte Rita. Alle dachten das gleiche, trotzdem hatte außer Linda niemand Margret angefeuert, und niemand hatte geschrien, als sie ihre Gegnerin angriff und den Ball bekam. Aber wie hatten die Mädchen gejubelt, als Tessie sich dem Tor näherte.

Das Spiel ging aufregend weiter. Die Schülerinnen schrien sich heiser. Die Mannschaften waren gleichstark, darin waren sich alle einig.

Margret überragte sämtliche Mitspielerinnen. Sie spielte zwar immer gut, aber heute gelang ihr fast alles. Hanni wußte warum, und sie fühlte sich nicht ganz wohl dabei.

„Sie spielt immer besonders gut, wenn sie wütend ist", sagte Hanni zu ihrer Zwillingsschwester. „Hast du das schon mal bemerkt? Sie sieht dann aus, als ob sie kämpft."

Margret war bald wieder im Besitz des Balls. Sie hatte ein Mädchen der gegnerischen Mannschaft überrannt und ihm den Ball abgejagt. Nun suchte sie jemanden, dem sie den Ball zuwerfen konnte. Ruth stand frei. Margret warf ihr den Ball zu. Ruth fing ihn auf, wurde jedoch angegriffen und warf den Ball zurück. Jetzt konnte Margret ein Tor werfen.

Ein Mädchen lief heran, um sie abzudrängen. Margret hob ihren Arm und warf den Ball mit aller Macht ins Tor.

Das angreifende Mädchen versuchte noch, den Ball zu stoppen, verfehlte ihn aber. Die Torhüterin sah den Ball kommen und wollte ihn abwehren, aber der Schuß war so hart, daß sie ihn nicht halten konnte. Der Ball war im Netz!

„Tor!" schrien die Schülerinnen. Und dann war es plötzlich totenstill. Keine Beifallsrufe. Niemand klatschte und rief: „Gut gemacht, Margret!" Sonst schrie jeder, so laut er konnte, wenn ein Tor fiel. Die Lehrerinnen schauten sich mit hochgezogenen Augenbrauen an. Bis jetzt war kein Mädchen in Lindenhof so unbeliebt gewesen wie Margret.

Halbzeit! Hanni lief mit einem Teller Zitronenscheiben auf den Platz. Wie gut sie nach der Hitze des Gefechts schmeckten. So erfrischend und sauer.

„Ihr habt diesmal eine sehr gute Spielerin in eurer Mannschaft", sagte ein Mädchen der Eichenwald-Schule, als sie von Hanni eine Zitronenscheibe nahm. „Aber groß ist sie! Ich hätte gedacht, sie kommt aus der fünften Klasse!"

„Nein", sagte Hanni. „Sie ist bei uns in der zweiten!"

„Donnerwetter!" sagte das Mädchen und starrte Margret erstaunt an. Margret sprach mit niemandem, und niemand sprach mit ihr. „Sie scheint nicht gerade sehr beliebt zu sein", sagte das Eichenwald-Mädchen. „Was ist denn los mit ihr?"

„Och, nichts", sagte Hanni, die nicht über Margret sprechen wollte. „Willst du noch ein Stück Zitrone?"

„Danke", sagte das Mädchen. „Es ist wirklich ein prima Spiel. Gut verteilt. Ihr führt zwar mit einem Tor, aber ich schätze, das holen wir auf!"

Ein Pfiff erklang. Die Pause war vorbei. Hanni eilte vom Spielfeld. Die zweite Halbzeit begann. Alle strengten sich nun sehr an.

Sie hatten sich jetzt warmgelaufen, und das Spiel machte ihnen Spaß. Die Eichenwald-Mädchen warfen ein unerwartetes Tor, das Berta, die Torhüterin, eigentlich hätte halten müssen. Die Schülerinnen bummelten. Die arme Berta wurde rot wie ein Puter.

„Eins zu eins, Ausgleich! Jetzt aber los, Lindenhof!" riefen alle.

Hatte Margret in der ersten Halbzeit schon gut gespielt, so spielte sie in der zweiten noch besser. Sie lief wie der Wind, griff furchtlos an, fing genau und warf gut. Ein Eichenwald-Mädchen wich ihr geschickt mit dem Ball aus. Aber was war das? Plötzlich schlug Margret mit solcher Gewalt auf die Hand des Mädchens, daß es vor Schmerz aufschrie. Der Schiedsrichter pfiff das Spiel ab und ließ Margret zu sich kommen.

„Du meine Güte! Hoffentlich wird sie nicht vom Platz gestellt!" sagte Linda. Sie wollte, daß ihre Mannschaft gewann. „Ich weiß, sie hätte es verdient, sie wird so wütend, wenn sie sich erregt, aber wir können es uns nicht leisten, sie jetzt zu verlieren!"

Glücklicherweise wurde Margret nicht vom Platz gestellt. Sie erhielt nur eine Verwarnung. Mit dem üblichen mürrischen Blick lief sie auf das Spielfeld zurück. Danach spielte sie viel vorsichtiger, denn sie wollte keineswegs am Platzrand stehen und zuschauen.

Kurz darauf bekam sie den Ball und rannte damit aufs Tor zu. Sie gab ihn zu Maria weiter, die ihn wieder zurückgab. Margret warf, und der Ball flog in die Ecke des Tores, obwohl die Torhüterin verzweifelt versuchte, ihn abzuwehren.

„Tor!" schrien die Schülerinnen. Aber danach herrschte wieder diese seltsame Stille. Keine Beifallrufe, kein Applaus. Margret bemerkte es sofort, und ihre Augen blitzten vor Zorn. Diese Biester! Sie tat ihr Bestes für die Schule, und trotzdem bekam sie nicht die geringste Anerkennung. Daran war nur diese verhaßte Hanni Sullivan schuld!

Margret fühlte, wie Wut in ihr hochstieg. Dadurch wurde sie noch viel schneller und stärker. Es war erstaunlich, wie sie über den Platz sauste, wie sie angriff, täuschte und den Ball zu fassen bekam, wenn es unmöglich schien.

„Hoffentlich werfen die anderen kein Tor mehr!" rief Hanni in höchster Erregung. „Ach, du liebe Zeit ... doch. Halt ihn, Berta, halt ihn!"

Aber diesmal konnte ihn Berta wirklich nicht halten, obwohl sie blitzschnell hochsprang. Der Ball glitt an ihrem Kopf vorbei und flog ins Tor. Zwei zu zwei, und nur noch fünf Minuten zu spielen!

In diesen fünf Minuten aber geschah etwas Unglaubliches: Margret warf zwei der schönsten Tore, die je in der Schule gesehen worden waren. Das erste war ein Weitschuß, genau und hart, aus zwanzig Metern Entfernung.

Ein großartiges Tor — aber kein Beifall belohnte Margret

Das zweite Tor gelang unter seltsamen Umständen. Margret konnte eigentlich nicht werfen, weil zwei Gegnerinnen sie angegriffen und zu Fall gebracht hatten. Die Eichenwald-Mädchen versuchten, ihr den Ball zu entreißen, aber Margret hielt ihn fest. Und plötzlich, aus ihrer Lage flach am Boden, mit der Nase fast im Dreck, holte Margret aus. Der Ball flog hoch und sauste direkt ins Tor.

Tor! Vier Tore für Lindenhof, zwei für Eichenwald: Noch eine Minute zu spielen!

Doch ehe der Ball wieder im Spiel war, pfiff der Schiedsrichter ab, die Zeit war um, und die Spielerinnen rannten vom Spielfeld. War das ein aufregendes Spiel gewesen!

Erika rächt sich

Gewöhnlich werden die Torschützen nach dem Spiel umringt, man klopft ihnen auf die Schulter und feiert sie gehörig. Wenn es heute nachmittag jemanden zu feiern gab, dann war es sicher Margret, denn sie war die beste Spielerin der Mannschaft gewesen.

Linda murmelte „gut gemacht!", als Margret vom Platz kam. Aber sonst sagte niemand ein Wort. Niemand ging zu Margret, um ihr auf die Schulter zu klopfen, niemand rief „gut gespielt, altes Haus!" Kein einziges Mädchen kümmerte sich um sie.

Die Eichenwald-Schülerinnen wunderten sich über dieses seltsame Benehmen. Sie starrten Margret nach, als sie mit erhobenem Kopf vorbeiging.

„Ich bin froh, daß wir das Spiel gewonnen haben, aber es wäre mir lieber, wenn nicht gerade Margret die

Tore geworfen hätte“, sagte Hanni. „Ich schäme mich ein bißchen, daß wir sie überhaupt nicht unterstützt haben. Meinst du nicht, wir sollten ihr ein paar Worte der Anerkennung sagen, Jenni?“

„Natürlich!“ meinte Jenni. „Aber du weißt ja selbst, was dann passiert! Sie reißt uns den Kopf ab, und ich kann das sogar verstehen. Nein, wir haben mit dieser unangenehmen Sache angefangen, jetzt müssen wir sie durchstehen.“

Margret nahm am gemeinsamen Mahl der beiden Mannschaften nicht teil.

Allen fiel auf, daß sie fehlte, aber niemand wollte darüber sprechen. Die Mädchen der Eichenwald-Schule fühlten sehr wohl, daß da etwas nicht stimmte, doch sie stellten keine Fragen. Schließlich sah man nach, ob Margret im Gemeinschaftsraum saß.

Aber auch dort war sie nicht. Gleich nach dem Umkleiden war sie in ihr leeres Klassenzimmer geschlüpft, hatte sich auf das Pult gesetzt und den Kopf auf die Arme gelegt. Sie war müde und wütend. Außerdem fühlte sie sich elend vor Hunger und Durst. Aber um nichts in der Welt hätte sie jetzt die feindlichen Blicke ihrer Mitschülerinnen ertragen. Sie hatte so gut gespielt und den Kampf für ihre Mannschaft gewonnen. Trotzdem konnten sie nicht einmal „gut gemacht“ sagen; sie wollte nichts mit ihnen zu tun haben.

Fräulein Roberts bemerkte auch, daß Margret fehlte. Sie ahnte, was geschehen war. Sie kannte die Geschichte des großen Streits und vermutete, daß Margret von den Mädchen bestraft wurde. Fräulein Roberts konnte ihr nicht helfen, so leid es ihr tat.

In der Aufregung der letzten Tage hatten die Mädchen Erikas häßliches Verhalten vergessen. Erika jedoch hatte nicht vergessen, daß sie sich an Hanni rächen wollte. Sie hatte lange überlegt, wie sie mit ihr abrechnen sollte. Da die beiden Mädchen in verschiedenen Klassen waren, war dies nicht einfach.

Erika hatte einen Einfall, als sie sah, daß sich Hanni eine hübsche rote Jacke strickte. Sie wußte sofort, was sie tun wollte, nur mußte sie die rechte Gelegenheit abwarten.

Eines Abends hatte die Schule eine Zusammenkunft. Wenn ich etwas später hingehe, kann ich in der letzten Reihe sitzen, dachte Erika. Während des Vortrags kann ich dann für einige Minuten unbemerkt hinausschlüpfen. Das wird reichen, um zum Aufenthaltsraum und wieder zurück zu kommen.

Um halb acht, als der Vortrag gerade begonnen hatte, kam Erika in den Raum. Keinem fiel etwas auf, denn Fräulein Walker sprach schon. Übrigens saß Margret jetzt auch immer ganz hinten; sie wollte nicht ständig den feindseligen Blicken ausgesetzt sein.

Erika blieb eine Weile sitzen und hörte zu. In einem günstigen Augenblick schlüpfte sie hinaus. Niemand bemerkte ihr Verschwinden. Im Aufenthaltsraum eilte sie gleich zu Hannis Regal und nahm den Handarbeitskorb herunter.

Erika packte Hannis Strickzeug und zog die Nadeln aus der Arbeit. Mit einem Gefühl richtiger Bosheit riß Erika am Faden und bohrte mehrere Löcher in die halbfertige Jacke. Dann legte sie das Strickzeug schnell wieder in den Korb und hastete zurück. Als sie in den Raum kam, sprach Fräulein Walker immer noch.

Niemand hatte Erikas Weggehen bemerkt außer Margret, die aber nicht weiter darauf achtete, sondern ihren eigenen Gedanken nachhing.

Um acht Uhr endete die Zusammenkunft. Die Mädchen gähnten und streckten sich.

„Hanni“, sagte Nanni, „noch Zeit für ein Spiel oder sonst irgend etwas. Kommt mit in den Aufenthaltsraum.“

„Im Radio ist Tanzmusik“, sagte Doris. „Sollen wir es anstellen? Ich möchte so gerne tanzen.“

„Ich muß noch mein Französisch fertig machen", stöhnte Suse. „Ich traue mich nicht, es so abzugeben. Mamsell ist neuerdings immer schlecht gelaunt."

„Ja, nicht wahr?" stimmte Nanni zu. „Ich bekomme langsam Angst vor ihr."

„Sollen wir zusammen das Kreuzworträtsel lösen?" schlug Hanni vor.

„Nein", erwiderte Nanni, „ich will lieber meinen Strumpf stopfen. Die Hausmutter steigt mir sonst aufs Dach."

„Na schön, dann stricke ich eben", meinte Hanni und holte ihren Korb vom Regal. „Ich bin gespannt, was Mutter sagt, wenn sie die Jacke sieht! Ich habe es noch nie so lange beim Stricken ausgehalten."

„Zeig mir mal die Jacke!" sagte Jenni und trat näher. Hanni nahm ihr Strickzeug und breitete es aus. Die Nadeln fielen zu Boden. Die Wolle hing wirr und zerrissen herunter.

„Hanni", stammelte Nanni. „Hanni. Es ist alles kaputt!"

„Ach, du meine Güte!" entsetzte sich Jenni, als sie die zerstörte Arbeit sah.

„Wer hat das nur getan?"

„Oh, Hanni, es tut mir ja so leid für dich", sagte Nanni, die wußte, wie sehr sich Hanni angestrengt hatte. „Hanni, wie kann denn das passiert sein?"

Hanni starrte auf das Strickzeug. Sie war den Tränen nahe. Dann aber blinzelte sie und schluckte den Kloß hinunter, der ihr plötzlich im Hals steckte.

„Das hat jemand getan", sagte sie mit leiser Stimme, „um sich zu rächen."

„Margret!" sagte Nanni sofort. „Sie hat doch damals im Umkleideraum gehört, was du geplant hattest. Bestimmt wollte sie es dir heimzahlen. Oh, dieses niederträchtige Ding!"

Jenni wurde rot vor Zorn. Sie haßte jede Art von Gemeinheit. „Nun, wenn sie es wirklich war, dann wird sie

Arme Hanni! Ihre schöne Strickerei war zerstört

dafür büßen müssen!" sagte sie. „Kommt mal alle her und seht euch Hannis Strickzeug an."

Die Mädchen drängten sich um Hanni, auch Erika kam und heuchelte Entsetzen. Sie freute sich riesig. Hoffentlich erriet niemand, daß sie die Schuldige war!

Aber niemand dachte an Erika. Alle verdächtigten Margret. Sie umringten Hanni und versuchten sie zu trösten.

„Du hast schreckliches Pech", sagte Tessie. „Ich weiß, wie einem zumute ist, wenn nur eine einzige Masche fällt. Wenn aber die ganze Sache verdorben und zerrissen ist, wie furchtbar muß das erst sein! Aber was willst du machen? Kannst du überhaupt etwas machen?"

„Ich werde halt alles auftrennen und wieder von vorn anfangen, das ist alles", sagte Hanni noch ganz betäubt. Bisher hatte sie richtige Bosheit noch nie am eigenen Leib erfahren.

„Was machen wir mit Margret?" sagte Jenni wütend. „Wir müssen mit ihr abrechnen!"

„Wo ist sie denn?" fragte Hilda. Gerade als sie das sagte, kam Margret herein. Sie hatte sich aus der Schulbücherei ein Buch geholt. Jenni ging sofort auf sie zu.

„Margret, komm mal her! Wir haben gerade deine neueste Schandtat entdeckt."

Margret war überrascht. „Was willst du damit sagen, Jenni?" fragte sie kalt.

„Oh, tu nur nicht so!" rief Jenni. „Schau her: willst du etwa behaupten, daß du hieran unschuldig bist?"

Sie hielt die zerrissene Jacke hoch. Margret starrte sie erstaunt an.

„Ja, das behaupte ich", sagte sie mit seltsamer Würde. „Ich mag mürrisch und oft schlechter Laune sein, aber solch gemeine Sachen mache ich nicht. Ich kann zwar Hanni nicht leiden, und ich möchte mit ihr noch ins reine kommen, aber nicht auf diese Weise!"

Die Mädchen starrten sie an. Niemand glaubte ihr. Hanni wurde rot und legte das Strickzeug zurück in den Korb.

„Natürlich hast du es getan, Margret, nun gib es doch zu!" schrie Nanni, die ganz außer sich war. „Du bist während des Vortrags aus dem Raum geschlüpft und hierhergeschlichen."

„Nein, das stimmt nicht", sagte Margret. „Ich habe zwar hinten gesessen, aber wo soll ich mich denn sonst hinsetzen, damit ich euch nicht im Wege bin? Ehrenwort, ich war es nicht. Ich wäre einfach unfähig, so etwas zu machen. Ich könnte Hanni eine Ohrfeige geben oder sie beim Handball zu Boden werfen, aber ich würde nicht so etwas Hinterhältiges tun."

„Du würdest alles tun!" sagte Jenni zornig. „Ich wette, du könntest alles tun, um dich zu rächen."

„Ihr glaubt also, daß ich zu allem fähig bin, weil ihr es mir zutraut. Das ist aber nicht wahr!"

Margrets Augen füllten sich plötzlich mit Tränen und sie wandte sich ab, damit niemand es sah. Tränen waren ein Zeichen der Schwäche, und sie wollte sich nicht schwach zeigen. Sie verließ das Zimmer. Die anderen schauten ihr überrascht und wütend nach.

„Glaubst du, daß jemand die Frechheit haben könnte, etwas so abzustreiten?" fragte Katrin.

„Sie ist ausgesprochen unverschämt!" erklärte Tessie.

„Ach, seid ruhig", sagte Hanni. „Kein Wort mehr darüber. Wir können es ja doch nicht beweisen. Am besten ist es, wenn wir nicht mehr darüber sprechen und die ganze Sache vergessen."

„Es ist prima, daß du so großzügig bist", sagte Doris und ging zum Radio. „Ich möchte nur wissen, was sie sich dabei gedacht hat. Wie wäre es mit etwas Tanzmusik zur Aufheiterung?"

Bald ertönte laute Musik. Doris und Jenni tanzten im Raum herum und machten die verrücktesten Figuren, um die anderen zum Lachen zu bringen. Am lautesten lachte Erika.

Was für ein Glück, dachte sie. Niemand ist auf mich gekommen. Jetzt kann ich mir noch etwas anderes einfallen lassen, um Hanni zu ärgern. Es wird doch jeder annehmen, daß Margret die Schuldige ist.

Die Zwillinge hören ein Geheimnis

Die erste Hälfte des Schuljahrdrittels war herum. Die meisten Eltern kamen im Wagen oder im Zug, um die Mädchen zu besuchen. Die Schülerinnen, deren Eltern nicht kommen konnten, wurden entweder von ihren Freundinnen mitgenommen, oder sie gingen in die Stadt, um sich ein Theaterstück oder einen Film anzusehen.

Frau Sullivan holte Hanni und Nanni im Auto ab. Auf die Ausflugsfahrt nahm sie auch Elli mit, deren Mutter verhindert war. Jenni machte einen langen Ausflug mit ihren Eltern und lud Hilda dazu ein. Margrets Eltern kamen nicht, und niemand lud sie ein. So fuhr sie mit Fräulein Roberts und vier anderen Mädchen in die Stadt, um einen Film anzuschauen.

Nanni konnte sich noch immer nicht über Hannis zerrissene Strickarbeit beruhigen. Sie erzählte es ihrer Mutter in allen Einzelheiten. Hanni sagte nur sehr wenig. Sie war zu sehr gekränkt. Sie war im Grunde ein freundliches Mädchen und hatte noch nie in ihrem Leben einen Feind gehabt.

Frau Sullivan hörte sich alles an. „Bist du wirklich ganz sicher, daß es Margret war?" fragte sie. „Meinst du nicht, du solltest mit deinem Urteil warten, bis ihre Schuld erwiesen ist? Es gibt nichts Schlimmeres als eine falsche Verdächtigung. Es macht Margret nur noch verbitterter. Und nach dem, was du mir bisher über sie erzählt hast, scheint sie nicht immer viel Glück gehabt zu haben."

Die drei Mädchen fühlten sich nicht ganz wohl in ihrer

Haut. Sie waren zwar überzeugt, daß es Margret gewesen war, aber sie konnten es nicht mehr beweisen.

Keiner sprach mehr davon, doch insgeheim beschlossen die Zwillinge, Margret erst dann zu verurteilen, wenn man genau wußte, daß sie schuldig war. Auch Elli nahm sich das vor.

Aber die guten Vorsätze wurden über den Haufen geworfen, als sie nachmittags eine frühere Spielkameradin trafen. Sie aßen in einer größeren Stadt, die etwa dreißig Kilometer von Lindenhof entfernt war, zu Mittag; anschließend wollten sie ins Theater gehen. Im Restaurant trafen sie Pamela Holding. Sie aß am Nebentisch.

„Hallo, Pam!" rief Nanni, die sie zuerst sah. „Habt ihr heute auch euren Besuchstag?"

„Hallo, Hanni, hallo Nanni, und ist das nicht Elli?" rief Pam. „Ja, meine Mutter nimmt mich heute nachmittag mit ins Theater. Sagt nicht, daß ihr das auch vorhabt!"

„Doch!" sagte Hanni erfreut. „Gehen wir doch alle zusammen! Danach können wir irgendwo Kaffee trinken."

Die beiden Mütter, die sich kannten, stimmten dem Vorschlag zu. Beim Kaffee erfuhren die Zwillinge dann einige seltsame Neuigkeiten über Margret Fenworthy.

Pamela erzählte den Zwillingen und Elli von einem Mädchen, das gerade einen neuen Rekord im Langlauf aufgestellt hatte.

„Wir haben ein Mädchen in unserer Schule, das alle Rekorde holen könnte, wenn es nur wollte", sagte Elli. „Sie ist eine richtige Sportkanone. Ihr Name ist Margret Fenworthy."

„Margret Fenworthy!" sagte Pamela verdutzt. „Ist sie jetzt etwa in Lindenhof? Wir wußten nicht, wo sie hingekommen war."

„Wieso, war sie einmal in deinem Internat?" fragte Hanni überrascht. „Sie spricht nie über die Schulen, an denen sie vorher gewesen ist."

„Kein Wunder", sagte Pamela. „Sie war schon an sechs!"
„Warum denn an so vielen?" fragte Nanni erstaunt.
„Kannst du das nicht erraten?" sagte Pam. „Soviel ich weiß, ist sie überall rausgeworfen worden. Bei uns hat man sie sechs Monate lang ertragen, doch dann mußte sie gehen! Sie war so unausstehlich, daß keine Lehrerin sie mehr haben wollte."
Die Zwillinge starrten Pamela an. Ja, das war Margret.
„Meine Güte!" sagte Elli, die ihre Sprache zuerst wiederfand. „Ich glaube, sie wird Lindenhof auch bald verlassen. Weißt du, was sie Hanni angetan hat?" Und sofort berichtete sie, wie man die zerrissene Jacke gefunden hatte und wie der große Streit im Geschichtsunterricht entstanden war.
Pamela hörte aufmerksam zu. „Der große Streit ist typisch für Margret", sagte sie. „Ich könnte euch viele Geschichten erzählen, die genauso sind, aber die Sache mit der Jacke klingt nicht nach Margret. Ich meine, sie könnte vielleicht in einem Wutanfall Hanni die Wolle aus der Hand reißen und sie vor ihren Augen zerfetzen, aber soweit ich Margret kenne, würde sie das nie heimlich tun. Sie müßte sonst noch schlimmer geworden sein!"
„Warum ist sie denn überall rausgeworfen worden?" fragte Elli neugierig.
„Oh, schlechtes Benehmen — Frechheit — Ungehorsam — so hieß es wohl", sagte Pamela. „Bei uns wollte sie gar nicht arbeiten! Wißt ihr, daß sie schon vierzehn ist? Sicher ist sie erst in eurer Klasse, nicht wahr?"
„Ja", sagte Hanni. „Wir dachten uns schon, daß sie älter ist als wir. Trotzdem ist sie in unserer Klasse die Schlechteste, wenn es nicht gerade Elli ist!"
Elli wurde rot. „Seid nicht so gemein!" sagte sie. „Ich bin in letzter Zeit viel besser geworden. Ich habe mich auch mächtig angestrengt."
„Ist schon gut", sagte Hanni besänftigend. „Du hast dich wirklich angestrengt. Aber es ist immer noch nicht heraus,

wer das Rennen um das schlechteste Zeugnis macht: du, Doris oder Margret. Also reiß dich zusammen und streng dich noch etwas mehr an!“

Auf der Rückfahrt sagte Nanni: „Margret ist also schon vierzehn! Ist sie nicht schrecklich dumm für dieses Alter! Und wenn man bedenkt, wie oft sie rausgeworfen wurde. Ich frage mich nur, warum man sie in Lindenhof aufgenommen hat.“

Frau Sullivan mischte sich unerwartet ins Gespräch ein. „Wenn irgendeine Schule diesem armen Mädchen helfen kann, dann ist es Lindenhof. Es ist Fräulein Theobalds Stolz, aus dem Schlechtesten das Beste herauszuholen; und ich bin sicher, daß sie sehr genau über Margret Bescheid weiß. Für ihre Schule wäre es ein Erfolg, wenn Margret bleiben und sich einordnen könnte.“

Die drei Mädchen schwiegen. Im geheimen hatten sie alle gehofft, daß Margret auch Lindenhof verlassen müßte.

„Mutter, glaubst du, daß es besser ist, wenn wir den anderen Mädchen nicht sagen, was wir über Margret wissen?“ fragte Hanni schließlich.

„Darüber besteht wohl kein Zweifel“, erwiderte Frau Sullivan. „Warum sollt ihr diese Geschichten über das Mädchen verbreiten, wenn sie sich so bemüht, daß es niemand erfährt? Sie sagt nie, an welcher Schule sie gewesen ist. Sie gibt auch nicht damit an, rausgeschmissen worden zu sein. Also schämt sie sich höchstwahrscheinlich deswegen. Sie hat sich nicht gut geführt; ich glaube nicht, daß das schon ein ausreichender Grund ist, sie deshalb schlechtzumachen.“

Die Zwillinge hatten genau dasselbe Gefühl. Obwohl sie Margret nicht leiden konnten, wollten sie die Neuigkeiten für sich behalten.

Trotzdem hatten sie ein schlechtes Gefühl, wenn sie Margret sahen. Sie hielten sie für einen niederträchtigen Menschen und trauten ihr einfach alles zu.

Neuer Ärger für Hanni

Erika wartete begierig darauf, Hanni einen neuen Streich zu spielen. Wiederum wollte sie es so anstellen, daß Margret beschuldigt wurde. Dann war sie selber frei von jedem Verdacht.

Eine Woche später bot sich eine Gelegenheit.

Am Nachmittag war ein gemeinsamer Spaziergang der zweiten und dritten Klasse angesetzt. Die Mädchen sollten ihre Naturkundehefte und Blechbüchsen mitnehmen, denn sicher gab es unterwegs ein paar Pflanzen zu sehen und zu sammeln.

Fräulein Roberts und Fräulein Jenks begleiteten die beiden Klassen.

Die Zwillinge freuten sich auf den Ausflug, der einen ganzen Nachmittag dauern und zu den Wäldern und Teichen führen sollte. Es war ein wunderschöner Tag, und die Sonne schien warm.

„Vielleicht gibt es schon Kaulquappen oder Froschlaich", sagte Hanni. „Ich werde auf jeden Fall einen kleinen Krug mitnehmen."

Die Mädchen steckten die Naturkundehefte, Büchsen und Krüge in ihre Taschen. Hanni war stolz auf ihre Naturkundehefte. Sie hatte einige gelungene Zeichnungen gemacht, und Fräulein Roberts hatte versprochen, sie gegen Ende des Schuljahres auszustellen.

„Ich brauche nur noch eine Seite zu schreiben", sagte sie zu Nanni. „Das will ich heute abend machen! Bist du fertig? Wir gehen doch nebeneinander?"

„Natürlich!" sagte Nanni. Was für eine Frage, die Zwillinge gingen doch immer zusammen, so sehr sie auch Jenni, Hilda und Lucie mochten.

Paarweise marschierten die Mädchen los. Niemand wollte sich Erika oder Margret anschließen. So traf es sich ganz von selbst, daß die beiden nebeneinander gingen. Sie konnten sich nicht ausstehen, und deshalb schwiegen sie während des ganzen Weges. Die anderen Mädchen stießen einander an und kicherten, wenn sie das stumme Paar sahen.

„Da seht euch die beiden Jammergestalten an!" kicherte Winni. „Hoffentlich haben sie viel Spaß an ihrer angeregten Unterhaltung! Margret scheint ja wieder in besonders schlechter Laune zu sein! Ihr Gesicht sieht jedenfalls danach aus."

Margret war wütend. Sie wollte nichts mit dieser hinterhältigen Erika zu tun haben. Sie hoffte, daß die ihr Schweigen richtig deuten und sie in Ruhe lassen würde.

Der Nachmittag verlief recht vergnügt. Die Mädchen wanderten durch die Wälder, machten sich Aufzeichnungen und sammelten Pflanzen und Moos. Hilda fand die ersten Primeln und steckte sie sich an.

Dann gingen sie zu den Teichen hinunter. Plötzlich sah Hanni Froschlaich auf dem Wasser treiben.

„Ich hole mir welchen!" sagte sie sofort.

„Das geht nicht", meinte Hanni. „Er ist zu weit draußen. Du kriegst nur nasse Schuhe."

Hanni schaute sich schnell um. „Wo sind Fräulein Roberts und Fräulein Jenks? Ach, noch oben auf dem Hügel. Genug Zeit also, Schuhe und Strümpfe auszuziehen!"

Die Mädchen kicherten. „Hanni, du spinnst!" sagte Jenni. „Fräulein Roberts wirst du damit keine Freude machen. Außerdem bekommst du ganz schmutzige Füße."

„Füße kann man wieder waschen", sagte Hanni. Sie nahm ihre Tasche und die Büchse ab und hängte sie an einen nahen Pfahl. Dann holte sie ihren kleinen Krug heraus und stellte ihn ans Ufer. Schließlich watete sie barfüßig in den Teich.

„Oooooch! Das Wasser ist aber ganz schön kalt!“ sagte sie. „Und der Boden ist schrecklich sumpfig! . . . Huh . . . jetzt bin ich auf eine Schlange getreten . . . oder war es ein Frosch?“

Die Mädchen standen um den Teich herum und lachten, als sie Hanni beobachteten. Hanni kam in die Nähe des Froschlaichs und beugte sich hinunter, um ihn zu fassen. Er glitt ihr aber durch die Finger und fiel zurück ins Wasser. Nanni kicherte.

„Versuche es noch mal, altes Haus!“ rief sie. Hanni tat ihr Bestes, um den glatten Laich zu bekommen, aber er rutschte ihr immer wieder aus den Händen. Bald war das Gelächter so laut, daß Fräulein Roberts und Fräulein Jenks es hörten und eilig zum Teich liefen.

„Hanni!“ erklang plötzlich Fräulein Roberts’ entsetzte Stimme. „Was um alles in der Welt machst du denn da? Oh, bist du ungezogen, du holst dir ja den Tod in diesem eiskalten Wasser! Komm sofort heraus!“

„Ach, Fräulein Roberts, bitte, Fräulein Roberts, ich möchte erst noch den Froschlaich holen“, bettelte Hanni und griff wieder eine Handvoll, die ihr natürlich prompt durch die Finger glitt.

„Hanni! Willst du wohl sofort aus dem Wasser kommen!“ schrie Fräulein Roberts. „Wirklich, euch kann man nicht eine Minute allein lassen!“

Alle Mädchen hatten einen Heidenspaß, nur zwei nahmen keinen Anteil: Erika und Margret. Margret war zurückgeblieben, um ein paar Pferde zu beobachten, und Erika hatte auch gebummelt.

Erika hörte das Gelächter und eilte zum Teich, um nachzuschauen, was es gab. Doch ehe sie an die Mädchen herankam, sah sie auf einem Pfahl eine Tasche hängen. Darauf stand der Name Hanni Sullivan.

Erika blickte schnell zum Teich hinunter. Niemand konnte sie hier hinter der Hecke bemerken. Sie schaute sich nach Margret um. Aber Margret war noch auf dem Feld und freute sich an den Pferden.

Blitzschnell nahm Erika die Tasche vom Pfahl und öffnete sie. Sie ergriff Hannis kostbare Naturkundehefte und warf sie zusammen mit der Blechbüchse in den Schmutz. Voller Bosheit trampelte sie auf den Sachen herum.

Zum Schluß warf sie die Tasche ins Gebüsch und entfernte sich, so leise sie konnte. Von der anderen Seite lief sie zum Teich hinunter. Niemand hatte sie bemerkt. Als Tessie sie sah, glaubte sie, Erika hätte die ganze Zeit dort gestanden.

Hanni watete aus dem Wasser. Sie hatte eiskalte Füße, nahm ihr Taschentuch heraus und trocknete sie ab. Sie zog ihre Schuhe und Strümpfe wieder an und rannte ein wenig herum, um sich aufzuwärmen.

„Noch nicht mal Froschlaich habe ich!“ sagte Hanni betrübt, als sie wieder zurückkam. „Wo ist nur meine Tasche? Wo habe ich sie denn hingetan?“

„An den Pfahl dort“, sagte Nanni und drehte sich um. Aber die Tasche war nicht dort.

„Das ist ja komisch“, sagte Nanni. „Ich habe doch gesehen, wie du sie dort aufgehängt hast. Schau, Margret steht ganz in der Nähe. Sie soll sie mitbringen.“

„Was liegt denn dort in der Hecke?“ fragte Suse mit einemmal und zeigte mit dem Finger auf einen großen braunen Gegenstand.

„O Schreck, das ist ja meine Tasche!“ sagte Hanni erstaunt. „Wie kommt die eigentlich da hin?“

Sie rannte los, um die Tasche zu holen. Plötzlich blieb sie stehen. Sie sah, daß ihre Hefte auf dem Boden lagen und daß jemand auf ihnen herumgetrampelt hatte. Hanni gab keinen Laut von sich, aber ihr Gesicht erstarrte vor Schreck.

„Was gibt's, Hanni?“ fragte Nanni ... und dann sah sie die Bescherung. Es bestand kein Zweifel, daß jemand Hannis Sachen absichtlich in den Schmutz geworfen hatte.

„Es ... es kann doch keine Kuh oder so etwas Ähnliches gewesen sein?“ fragte Nanni und wollte einfach nicht glauben, daß ein Mädchen so etwas Gemeines getan hatte.

Jenni schüttelte den Kopf. „Nein, ganz bestimmt nicht. Aber ich glaube, wir wissen alle, wer es getan hat, wenn wir es auch nicht gesehen haben.“

Alle Mädchen schauten auf Margret, die etwas abseits stand und genauso überrascht war wie die anderen. „Wer war als einzige nicht am Teich?“ fragte Jenni. „Margret! Und warum blieb sie zurück? Um diesen gemeinen Streich zu spielen, nehme ich an!“

„Mädchen! Was ist los?“ Fräulein Roberts kam näher.

„Oh, Hanni, sind das deine Hefte da auf dem Boden? Wie konntest du nur so unachtsam sein? Deine schönen Zeichnungen sind alle verdorben. Wie konnte das nur passieren?“

„Ich weiß es nicht, Fräulein Roberts“, sagte die arme Hanni, die vor Schreck blaß geworden war. Sie brachte es nicht fertig, Margret zu verpetzen, nicht einmal jetzt. Fräulein Roberts merkte, daß etwas Unangenehmes geschehen war, und sie hörte, wie immer wieder Margrets Name geflüstert wurde.

„Heb jetzt deine Sachen schnell auf“, sagte Fräulein Roberts und schaute auf die Uhr. „Durch dein Wasserpantschen ist es recht spät geworden. Beeile dich. Diese Angelegenheit regeln wir zu Hause.“

Die Mädchen wanderten schnell zurück. Erika mußte wieder mit Margret gehen. Sie freute sich, daß ihr Streich so gelungen war und daß man Margret verdächtigte. Margret ging wie im Traum. Sie verstand einfach nicht, wie jemand so unglaublich gemein sein konnte. Nicht einmal Erika traute sie das zu.

Sie schaute Erika an. Da lag etwas in dem selbstzufriedenen Blick des Mädchens, das Margret stutzig machte. Sie erinnerte sich plötzlich, wie Erika damals ins Klassenzimmer zurückgeschlichen war und wie man nur kurze Zeit später die zerrissene Jacke entdeckt hatte. Konnte es doch Erika sein? Sie ist eine hinterhältige, falsche Schlange, aber konnte sie so niederträchtig sein?

Irgendeiner muß es ja sein, dachte Margret bitter, und wieder muß ich dafür büßen. Sie fühlte sich sehr unglücklich.

Am Abend sprach man noch einmal von dem Vorfall am Teich. Margret konnte die verächtlichen Blicke der Mädchen nicht ertragen. Sie ging, um ein Buch aus der Schulbücherei zu holen.

Während sie dort war, ließ Elli die Katze aus dem Sack: „Eigentlich wollten wir es euch ja nicht sagen", begann sie und schaute sich um, „aber jetzt nach dieser himmelschreienden Bosheit von Margret werde ich euch ein paar aufschlußreiche Dinge erzählen."

„Halt den Mund, Elli", befahl Hanni.

„Diesmal nicht", sagte Elli entschlossen. „Glaubst du, ich stehe dabei und sehe mir diese Sache an, ohne es Margret zurückzuzahlen? Nun hört mal alle gut zu!"

Die Mädchen schwiegen. Sie waren sehr neugierig. Was konnte Elli über Margret wissen?

„Wir haben neulich eine frühere Schulkameradin getroffen", sagte Elli. „Sie geht in die Schule, in der auch Margret war, bevor sie dort rausgeworfen wurde."

„Rausgeworfen?" wiederholten die Mädchen entsetzt.

„Nicht nur das", fuhr Elli fort, und ihre Augen blitzten, „wißt ihr, daß sie an mindestens sechs Schulen war und daß sie aus jeder rausgeworfen wurde? Wundert ihr euch noch, warum sie nicht mitkommt? Warum sie mit vierzehn in unserer Klasse ist?"

Ein lautes Durcheinander erhob sich. Die Mädchen wollten es einfach nicht glauben, und doch war es verständlich, wenn man Margret kannte!

„Warum muß sie in Lindenhof sein!“ rief Tessie entrüstet. „Warum sollen wir uns mit ihr abgeben?“

„Raus mit ihr!“ rief Hilda.

„Wir sollten Fräulein Theobald sagen, daß wir solch ein Mädchen nicht unter uns haben wollen!“ rief Winni.

„Meine Mutter würde mich nicht länger hierlassen, wenn sie wüßte, daß wir mit einem Mädchen wie Margret zusammenleben müssen“, sagte Erika.

„Sei du ganz still“, meinte Tessie und versetzte ihr einen Stoß. Die hinterhältige Erika war wohl die letzte, der sie ein Urteil zugestand.

„Nun, jetzt wissen wir alles über die liebe Margret!“ sagte Doris. „Das Mädchen ist aus sechs Schulen rausgeflogen und wird bald aus der siebten fliegen! Und zwar ziemlich bald. Sie wird Hanni keinen schmutzigen Streich mehr spielen können.“

An der Tür war ein Geräusch. Die Mädchen drehten sich um. Margret stand dort, weiß wie Kalk. Sie hatte Doris' Worte gehört und war stumm vor Entsetzen. Irgend jemand hatte ihr Geheimnis also herausgefunden. Und jetzt würde sie Lindenhof auch verlassen müssen.

Margret starrte die Mädchen mit ihren dunklen Augen an. Sie öffnete den Mund, um etwas zu sagen, aber es kam kein Wort heraus. Langsam drehte sie sich um und ging aus dem Zimmer. Schweigend blieben die Mädchen zurück.

„Jetzt ist es geschehen“, sagte Nanni endlich. „Das Geheimnis ist heraus . . . und morgen wird es die ganze Schule wissen!“

Margret macht eine Entdeckung

Die Zwillinge fühlten sich nicht wohl, wenn sie an Margret dachten.

„Ich hoffe, Margret wird nicht weglaufen oder sonst etwas Dummes tun", sagte Hanni zu ihrer Schwester. „Weißt du, Nanni, wenn sie das täte, könnte ich nicht länger in Lindenhof bleiben."

„Vielleicht hat sie kein richtiges Zuhause", meinte Nanni. „Sie spricht ja nie darüber, auch nicht über ihre Mutter und ihren Vater. Das ist doch alles sehr seltsam."

„Ich finde, wir sollten etwas unternehmen", sagte Lucie ernst. „Fräulein Theobald weiß sicher alles über Margret. Bestimmt wollte sie ihr die Möglichkeit geben, sich zu bewähren. Ich vermute auch, daß die Lehrerinnen Bescheid wußten. Wahrscheinlich waren sie deshalb so verständnisvoll."

Die Mädchen hörten Lucie aufmerksam zu. Lucie war ein kluges Mädchen, das noch nie etwas Schlechtes über jemanden gesagt hatte.

„Ich glaube, du hast recht, Lucie", sagte Hanni. „Ich habe mich oft gefragt, warum Margret so nachlässig und barsch sein darf, während wir in Teufels Küche geraten, wenn wir uns nur halb so ungezogen aufführen. Jetzt verstehe ich alles."

„Ja, Lucie hat recht", sagte Hilda. „Alle Lehrerinnen wußten Bescheid. Sie haben versucht, Margret zu helfen, sicher in der trügerischen Hoffnung, sie würde sich hier in Lindenhof bessern."

„Wenn sie sich nur nicht so gemein benommen hätte!" sagte Hanni. „Ich kann mich an schlechte Manieren und Unhöflichkeit, ja selbst an ein ewig mürrisches Gesicht gewöhnen, aber Niedertracht kann ich nicht ausstehen."

„Das ist genau meine Meinung", sagte Jenni. „Was sollen wir nun wegen Margret unternehmen? Lucie, hast du einen Vorschlag?"

„Ich denke, wir schlafen erst einmal darüber, und morgen früh gehen wir dann zu Fräulein Theobald und erzählen ihr alles", meinte Lucie. „Wenn Margret nach diesem Vorfall nicht mehr mit uns leben kann, dann sollte man sie gehen lassen. Sollte sie es aber vorziehen zu bleiben, dann müßte man ihr die Möglichkeit dazu geben. Aber das kann nur die Direktorin allein entscheiden. Wir wissen nicht genug über Margret."

„Gut. Wir werden die ganze Sache überschlafen", sagte Jenni. „Und morgen früh gehen wir zu Fräulein Theobald."

„Lucie soll hingehen", bestimmte Hilda. „Sie ist diejenige von uns, die eine Sache erzählen kann. Hanni und Nanni begleiten sie am besten. Hanni ist schließlich besonders betroffen."

„Na schön", sagte Lucie. „Ich würde zwar lieber nicht gehen, denn ich mische mich in solche Dinge nicht gerne ein. Aber irgend jemand muß es ja schließlich tun."

Aber wie so oft im Leben kam es ganz anders. Denn in dieser Nacht geschah etwas, das alle völlig aus der Fassung brachte und alles in ein anderes Licht rückte.

Die Mädchen waren wie gewöhnlich zu Bett gegangen. Erika hatte über Halsschmerzen geklagt und war zur Hausmutter geschickt worden. Die Hausmutter hatte ihre Temperatur gemessen und festgestellt, daß sie Fieber hatte. Also kam Erika auf die Krankenstation, wo schon zwei andere Mädchen mit bösen Erkältungen lagen.

„Du hast dich erkältet", sagte die Hausmutter. „Trink dies hier und geh dann schnell ins Bett. Ich schaue später noch einmal nach dir. Morgen ist wahrscheinlich schon wieder alles in Ordnung, und wenn du dich vernünftig verhältst, kannst du übermorgen in die Schule zurück."

Erika war das völlig gleichgültig. Eigentlich fand sie es ganz nett, ein oder zwei Tage zu fehlen. Sie wollte auch lieber nicht dabeisein, wenn die Sache mit Margret losging. Erika war zwar ein niederträchtiger Mensch, aber selbst sie war erschrocken, als sie Margrets kalkweißes Gesicht sah.

Ich hätte diese Streiche nicht ausgeheckt und Margret in die Schuhe geschoben, wenn ich über sie Bescheid gewußt hätte, dachte Erika, und zum erstenmal schien sich so etwas wie ein Gewissen zu regen. Wenn ich doch nur alles rückgängig machen könnte! Trotzdem gönne ich es dieser gräßlichen Hanni, daß ihre Jacke zerrissen ist und ihre Hefte beschmutzt sind.

Erika legte sich zu Bett. Sie war allein in einem kleinen Zimmer oben in der Krankenstation, die in einem eigenen Gebäude neben der Schule untergebracht war.

Die Hausmutter hatte ihr ein Einzelzimmer zugewiesen, weil sie nicht ganz sicher war, ob Erika nicht doch etwas Ansteckendes hatte.

Es war ein netter, kleiner Raum, direkt unter dem Dach der Krankenstation. Erika schaute aus dem Fenster, ehe sie zu Bett ging. Der Himmel war wolkenlos und voller Sterne. Sie zog die Vorhänge zurück, damit die Sonne am nächsten Morgen gleich hereinscheinen konnte, und legte sich dann hin.

Die Hausmutter kam noch mit einer Wärmflasche und einem Glas heißem Zitronensaft. Bevor sie ging, deckte sie Erika gut zu und schaltete das Licht aus.

Erika war bald eingeschlummert. Ihr Gewissen hielt sie nicht lange wach, denn es war nicht sehr ausgeprägt.

Aber ein anderes Mädchen schlief in dieser Nacht nicht. Es war Margret. Sie lag wach in ihrem Bett und dachte nach. Man hatte also auch hier ihr Geheimnis herausgefunden — wie überall. Jetzt würde sie bald wieder gehen müssen. Margret besuchte nicht gern die Schule. Sie wollte hinaus in die Welt gehen, sich einen Beruf suchen und ihren Lebensunterhalt verdienen. Es war furchtbar, von Internat zu Internat zu wandern, und jedesmal wurde es schlimmer!

Die anderen Mädchen schliefen fest. Eine schnarchte leise. Margret legte sich auf die linke Seite und schloß die Augen. Wenn sie nur schlafen könnte! Was würde morgen geschehen? Sicher etwas sehr Häßliches! Und sie konnte nicht weglaufen, denn sie hatte nur ein paar Pfennige. Sie mußte hierbleiben.

Es gibt keinen Ausweg für mich, dachte Margret. Ich kann nichts unternehmen, einfach gar nichts.

Sie warf sich auf die rechte Seite und schloß die Augen. Aber einen Augenblick später öffnete sie sie wieder. Es war unmöglich, einzuschlafen. Sie warf sich auf den Rücken und starrte in die Dunkelheit. Auch das half nicht. Sie hörte die Schulglocke schlagen. Elf, zwölf, eins, zwei. Gab es noch eine längere Nacht als diese? Wenn es so weiterging, würde sie nie ein Ende nehmen.

Ich hole mir einen Schluck Wasser, nahm sich Margret vor und stand auf. Vielleicht schlafe ich dann ein.

Sie zog Morgenrock und Hausschuhe an und schaltete die Taschenlampe ein. Die anderen Mädchen schliefen. Niemand wurde wach, als sie zwischen den Bettstellen hindurch zur Tür schlich.

Sie ging hinaus auf den Flur und weiter zum Badezimmer. Dort goß sie sich ein Glas Wasser ein und trat ans Fenster, um zu trinken.

Als sie so dastand und das eiskalte Wasser trank, sah sie plötzlich etwas sehr Seltsames. Sie setzte das Glas ab und schaute angespannt durch das Fenster.

Vom Badezimmerfenster aus sah man das vierstöckige Gebäude, in dem die Krankenstation untergebracht war.

Es lag in völliger Dunkelheit, nur an einer Stelle flackerte ab und zu ein Licht auf. Es kam aus dem Fenster des dritten Stockes. Margret zerbrach sich den Kopf, was das bedeutete.

Es sieht aus wie ein Kaminfeuer, dachte sie. Aber wo ist denn im Krankengebäude ein Kamin? Nirgends, beruhigte sie sich. Sicher ist es nur eine Lampe, die sich in den Scheiben spiegelt.

Sie beobachtete das Licht eine ganze Weile. Schließlich fröstelte sie.

Ich gehe lieber ins Bett zurück, sagte sie sich. Es könnte aus dem Raum kommen, in dem Erika liegt. Gewiß hat ihr die Hausmutter ein Feuer angemacht, damit sie es warm hat.

Unschlüssig verließ Margret das Badezimmer und legte sich wieder hin. Aber der Gedanke an das seltsame Licht ließ sie nicht los. Deshalb stand sie noch einmal auf und trat ans Fenster.

Und als sie jetzt wieder hinüber zur Krankenstation sah, erkannte sie ganz deutlich, was das Licht bedeutete: ein Brand war ausgebrochen.

Ein furchtbarer Schreck durchfuhr Margret: Lichterloh schlugen die Flammen aus den Fenstern!

Eine wunderbare Rettung

Als Margret den Brand bemerkte, stieß sie einen lauten Schrei aus. Die unteren Zimmer standen in Flammen, und dichte Rauchschwaden umhüllten das oberste Stockwerk.

Margret raste zu Fräulein Roberts' Zimmer. Sie hämmerte an die Tür.

„Fräulein Roberts! Fräulein Roberts! Schnell, kommen Sie! Die Krankenstation brennt! Schnell! Schnell!"

Fräulein Roberts war mit einem Schlag wach. Ihr Zimmer lag der Krankenstation genau gegenüber, und sie sah das Feuer sofort. Sie griff sich ihren Morgenrock und eilte zur Tür. Margret packte sie am Arm.

„Fräulein Roberts! Soll ich zur Hausmutter hinlaufen? Sie hat bestimmt noch nichts gemerkt!"

„Ja, beeile dich!" sagte Fräulein Roberts. „Weck aber niemanden hier im Haus, Margret, die Mädchen regen sich nur unnötig auf. Lauf jetzt, ich hole inzwischen Fräulein Theobald. Wir kommen dann nach."

Margret raste die Treppen hinunter und stürmte ins Freie. Sie sauste über die Rasenfläche, die die Schule von der Krankenstation trennte. Sie hämmerte an die Tür und rief: „Hausmutter! Hausmutter! Sind Sie da?"

Die Hausmutter lag in tiefem Schlaf. Sie wurde nicht wach. Aber Vicky, die mit einer Erkältung das Bett hütete, hörte Margret. Sie lief zum Fenster.

„Was gibt's denn?" rief sie.

„Die Krankenstation brennt!" rief Margret. „Im Stock über euch. Wecke die Hausmutter!"

Das Mädchen flitzte in das Zimmer der Hausmutter. Sie schüttelte sie hin und her und schrie laut auf sie ein. Die Hausmutter wurde endlich wach und erhob sich eilig.

Fräulein Theobald erschien mit einigen Lehrerinnen. Die Feuerwehr war bereits benachrichtigt. Dann tauchten von überall her Mädchen auf. Sie weigerten sich, zurück in ihre Zimmer zu gehen.

„Was! Wir sollen im Bett bleiben, wenn es so etwas Aufregendes zu sehen gibt?" entrüstete sich Jenni. „Mensch, ich habe noch nie ein Feuer erlebt! Das lasse ich mir doch nicht entgehen. Gott sei Dank ist niemand in Gefahr!"

Die Mädchen schwärmten über den ganzen Platz. Die Hausmutter schaute sich nach den drei Schülerinnen um, die in der Krankenstation gelegen hatten: Vicky, Rita und Erika. „Sie dürfen in dieser kalten Nachtluft nicht herumstehen", sagte sie besorgt. „Ach, da bist du ja, Vicky. Du gehst sofort in den Schlafsaal der zweiten Klasse und legst dich ins erstbeste Bett. Ist Rita bei dir? Und wo ist Erika?"

„Rita ist hier", sagte Vicky, „und Erika habe ich auch irgendwo gesehen."

„Gut, hole sie und nimm sie mit. Sie muß sofort wieder ins Bett", ordnete die Hausmutter an.

„Sind alle aus dem Gebäude heraus?" fragte Fräulein Theobald die Hausmutter. „Wissen Sie es genau?"

„Ich habe Vicky gesehen", erwiderte die Hausmutter, „und Rita; und Vicky sagte, sie habe Erika gesehen. Das sind alle Mädchen, die im Hause waren, und die Hausangestellten sind auch in Sicherheit."

„Na gut, dann ist ja alles in Ordnung", sagte Fräulein Theobald erleichtert. „Ach, warum kommt denn die Feuerwehr nicht schneller? Der vierte Stock wird noch völlig ausbrennen."

Doch Vicky hatte nicht die richtige Erika gesehen. Sie hatte die Erika aus der fünften Klasse gesehen und gedacht, daß die Hausmutter dieses Mädchen meinte. Die Erika aus der dritten Klasse lag noch immer in dem brennenden Gebäude.

Niemand wußte es, bis Mamsell einen Schrei ausstieß und mit zitternder Hand zum obersten Stockwerk deutete.

„Oh, wie ist das schrecklich!" rief sie. „Da steht ja jemand am Fenster!"

Es war Erika. Der beißende Rauch, der durch sämtliche Ritzen ins Zimmer kroch, hatte sie geweckt, und da hatte sie auch das Prasseln der Flammen gehört.

In großer Angst sprang sie auf und wollte das Licht einschalten. Aber es blieb dunkel. Die Drähte waren schon verschmort. Das Mädchen ertastete verzweifelt ihre Taschenlampe und knipste sie an.

Sie riß die Tür auf, aber da schlug ihr eine große Rauchwolke entgegen, und erstickte sie fast. Der Flur stand in hellen Flammen.

Das Feuer war durch einen elektrischen Draht verursacht worden. Er war ins Glühen geraten und hatte das umliegende trockene Holz entzündet.

Das Treppenhaus war alt und brannte sofort lichterloh. Der Weg nach unten war versperrt. Erika versuchte in den nächsten Raum zu laufen, aber der Rauch war so dicht, daß sie keinen Atem mehr bekam und in ihr Zimmer zurückkehren mußte. Sie schloß die Tür und lief zum Fenster.

Sie riß es auf und schnappte nach Luft. „Hilfe!" schrie sie in ihrer Todesangst. „Hilfe!"

Niemand hörte sie. Doch plötzlich sah Mamsell einen Schatten und deutete nach oben. Ein verzweifeltes Stimmengewirr ging durch die Reihen, als man Erika erblickte.

Fräulein Theobald wurde bleich, und ihr Herz klopfte schneller. Dort oben stand ein Mädchen! Und das Treppenhaus brannte! Niemand konnte hindurch!

„Und die Feuerwehr ist immer noch nicht da", stöhnte sie. „Oh, wann kommt sie endlich?"

Jemand hatte den Gartenschlauch gefunden und spritzte Wasser in die Flammen. Aber der Strahl war zu schwach. Das Feuer breitete sich immer weiter aus.

Erika begann zu schreien.

„Hilfe! Rettet mich! Oh, rettet mich doch!"

„Wo ist die lange Gartenleiter?" rief Margret plötzlich. „Bring sie her! Vielleicht können wir ein Seil raufwerfen, wenn sie zu kurz ist!"

Die beiden Gärtner rannten zum Schuppen, um die Leiter zu holen. Sie stellten sie gegen die Mauer, und einer kletterte hinauf. Aber er kam nicht bis zu Erikas Fenster.

„Nichts zu machen", sagte er, als er wieder unten stand. „Sie ist unmöglich zu erreichen. Wo bleibt nur die Feuerwehr? Die brauchen ja eine Ewigkeit!"

„Sie ist bei einem anderen Brand", sagte Fräulein Roberts, die noch einmal telefoniert hatte. „Aber sie kommt sofort."

„Sofort!" rief Margret. „Das ist zu spät! Erika wird gleich von den Flammen eingeschlossen sein!"

Ehe jemand sie halten konnte, warf sie ihren Morgenrock ab und kletterte hurtig die Leiter empor. Im Nu war sie oben, obwohl Fräulein Theobald rief: „Du kannst ja doch nichts ausrichten, komm herunter!"

„Was will sie bloß tun?" schrie Fräulein Roberts verzweifelt. „Sie wird runterfallen!"

Doch Margret ließ sich nicht beirren. Sie hatte einen Einfall. Rechts neben der Leiter lief ein Abflußrohr. Vielleicht konnte sie dort hinaufklettern und so zu Erikas Zimmer gelangen. Was sie dann tun wollte, wußte sie noch nicht, aber irgend etwas würde ihr schon einfallen. Margret hatte die oberste Sprosse der Leiter erreicht. Sie schwang sich hinüber zu dem Rohr und hielt sich mit Knien und Händen daran fest.

Nun erwies sich, wie nützlich es war, daß sie in der Turnstunde so eifrig das Klettern geübt hatte. Es war zwar viel schwieriger, an einem starren, glatten Rohr emporzuklettern als an einem biegsamen Seil, aber Margret schaffte es. Erika sah sie kommen.

„Oh, rette mich!“ rief das Mädchen, halb wahnsinnig vor Angst. Margret kam jetzt in die Höhe des Fensters. Nun wurde es schwierig. Sie mußte heil vom Rohr zum Fensterbrett gelangen.

„Erika, halt dich an irgend etwas fest und hilf mir!“ rief Margret und streckte Erika die Hand hin. „Wenn du mich ziehst, kann ich zu dir.“

Erika hielt sich mit den Füßen an einem schweren Bücherschrank fest und packte Margrets Hand. Das wagemutige Mädchen löste sich vom Rohr und sprang hinüber aufs Fensterbrett. Sie schlug sich dabei das Knie auf, aber sie spürte es nicht einmal. Erika klammerte sich weinend an sie.

„Reiß dich zusammen“, sagte Margret und schüttelte Erika ab. Sie schaute sich angestrengt im Zimmer um, das jetzt mit dichtem Rauch gefüllt war. Die Flammen hatten schon die Tür erfaßt, und der Boden fühlte sich ganz heiß an. „Wir dürfen keine Zeit verlieren. Wo ist dein Bett?“

Erika deutete durch den Rauch auf eine Stelle an der Wand. Margret rannte hin und packte Laken und Decken. Mit dem Bettzeug hastete sie zum Fenster zurück. Einen Augenblick lehnte sie sich hinaus, um frische Luft zu schnappen, dann riß sie die Leinentücher in breite Streifen.

„Was machst du denn da?“ schrie Erika und dachte, Margret sei verrückt geworden. „Nimm mich doch von hier fort!“

„Gleich!“ sagte Margret und verknotete die Streifen fest miteinander. Danach schaute sie sich um, wo sie das eine Ende anbinden konnte. Im selben Moment fiel die Tür krachend ein, und die Flammen schlugen ins Zimmer.

„Oh, schnell, schnell!“ rief Erika. „Ich springe sonst!“

„Nein, das tust du nicht“, sagte Margret. „Du bist gleich in Sicherheit. Schau her, das wird dich retten!“ Sie deutete auf die verknoteten Laken, die sie am Bettrand befestigt hatte. „Hilf mir jetzt, das Bett zum Fenster ziehen. Ja, so ist es recht."

Margret warf das Seil aus Leinwandstreifen aus dem Fenster. Das untere Ende reichte fast bis zur Leiter! Also brauchte sie nicht wieder am Rohr hinunterzuklettern!

Margret setzte sich auf das Fensterbrett und zog Erika neben sich. Von unten wurden sie von den Mädchen und Lehrerinnen beobachtet, die vor Aufregung kaum zu atmen wagten. Einer der Gärtner war die Leiter hochgestiegen.

„Glaubst du, du kannst dich an diesem Seil hinunterlassen?" fragte Margret die zitternde Erika. „Schau ... es ist ganz leicht."

„Nein, nein, das kann ich nicht", schluchzte Erika verängstigt. Nun machte Margret etwas sehr Tapferes. Sie nahm Erika auf den Rücken und begann mit ihrer schweren Last am Seil hinunterzuklettern. Glücklicherweise waren die Laken neu und rissen nicht.

Zentimeter um Zentimeter kam Margret herab. Ihre Arme wurden durch Erikas Gewicht fast aus den Gelenken gerissen. Endlich hatte sie die Leiter erreicht. Sie fühlte mit dem Fuß nach der obersten Sprosse. Da, endlich fand sie einen Halt. Margret atmete auf.

„Gut gemacht", schrie eine laute Stimme. „Ich habe euch!" Der Gärtner, der auf der Leiter stand, griff nach Erika und hob sie von Margrets Rücken. Er trug das Mädchen hinunter.

Was nun geschah, wußte später niemand. Wahrscheinlich war Margret ausgepumpt und erschöpft. Ihre Füße rutschten von der Leiter ab. Sie verlor das Gleichgewicht und fiel aus fast drei Meter Höhe hinunter auf den Boden.

Man eilte ihr zu Hilfe, aber Margret lag ganz still da. Sie hatte sich am Kopf verletzt und war bewußtlos. Vorsichtig trug man sie in die Schule. Und in dem Augenblick kam auch die Feuerwehr. Nach kurzer Zeit war das Feuer schon gelöscht.

Aber das oberste Stockwerk war, wie Fräulein Theobald befürchtet hatte, völlig ausgebrannt. Der Raum, in dem Erika geschlafen hatte, bestand nur noch aus schwarzem, verkohltem Holz.

Die Mädchen wurden in die Betten zurückgeschickt, und nun gingen sie auch widerstandslos. Aber in dieser Nacht wurde nur ein Name geflüstert, der Name einer wirklichen Heldin: Margret.

Ein Geständnis

Am nächsten Morgen wollten alle wissen, wie es Margret ging.

„Sie hat sich ein Bein gebrochen! Arme Margret! Und am Kopf ist sie auch verletzt, aber nicht sehr schlimm. Sie liegt in Fräulein Theobalds Schlafzimmer. Die Direktorin ist sehr stolz auf sie!"

„Kein Wunder!" sagte Jenni, die schon immer für tapfere Menschen schwärmte. „Mir ist ganz gleich, wie sich Margret in den letzten Wochen aufführte. Das habe ich alles vergessen! Wenn man so mutig ist wie sie, kann man mürrisch sein, solange man will!"

„Jetzt glaube ich noch viel weniger, daß uns Margret diese gemeinen Streiche gespielt hat!" sagte Lucie. „Wir haben uns sicher geirrt! Es muß jemand anders gewesen sein! Dieser Mut verträgt sich nicht mit einer hinterhältigen Gesinnung, nie, nie und nimmer! Unmöglich!"

„Wenn wir es doch ganz genau wüßten!" sagte Elli, die sich jetzt schämte, daß sie Margrets Geheimnis ausgeplaudert hatte.

Aber schon sehr bald sollten sie erfahren, wer der Schuldige war. Lucie fand es heraus. Sie besuchte Erika, die zur Zeit in einem kleinen Zimmer allein für sich lag. Sie hatte kaum etwas abbekommen, nur brauchte sie nach all der Aufregung ein wenig Ruhe.

Doch etwas war mit Erika doch passiert. Sie hatte die ganze Nacht wach gelegen und an das Feuer gedacht; und sie hatte daran gedacht, daß Margret sie gerettet hatte.

Ihr Gewissen hatte sie gequält! Dem Mädchen, das so tapfer sein Leben für sie einsetzte, hatte sie ihre eigenen gemeinen Handlungen in die Schuhe geschoben. Erikas Wangen brannten vor Scham. Sie wäre lieber von einem anderen Mädchen gerettet worden.

Lucie besuchte sie nach dem Unterricht. Zu Margret durfte niemand gehen. Sie mußte einige Tage ganz ruhig liegen. Niemand spürte ein Verlangen, Erika zu sehen, nur die gutherzige Lucie hatte Mitleid mit ihr. Deshalb fragte sie die Hausmutter, ob sie zu ihr dürfte.

„Ja, natürlich!“ sagte die Hausmutter. „Sie ist heute morgen fast wieder auf dem Damm, abgesehen von einer kleinen Erkältung und einem Schock. Es wird ihr guttun, dich zu sehen.“

Lucie ging in den kleinen Schlafraum und setzte sich neben Erika. Sie unterhielten sich eine Zeitlang. Dann fragte Erika nach Margret. Sie schaute Lucie dabei nicht an, denn sie hatte ein schlechtes Gewissen.

„Haben sie es dir noch nicht erzählt?“ fragte Lucie überrascht. „Oh, die arme Margret hat sich das rechte Bein gebrochen. Das heißt also für lange Zeit kein Turnen und keinen Handball mehr. Du kannst dir ja vorstellen, was das für sie bedeutet. Sie hat sich auch den Kopf aufgeschlagen, aber nicht sehr schlimm. Sie ist eine wirkliche Heldin, Erika!“

Erika war furchtbar durcheinander. Sie hatte geglaubt,

daß Margret ganz gesund war und von allen gefeiert wurde! Aber jetzt sah alles ganz anders aus.

Erika wandte ihr Gesicht ab und drehte sich zur Wand. Sie schaute so elend aus, daß Lucie gerührt war.

Sie ergriff Erikas Hand. „Mach dir keine Sorgen", sagte sie. „Ihr Bein wird schon wieder heilen. Wir sind jedenfalls alle sehr stolz auf sie."

„Glaubt ihr . . . glaubt ihr eigentlich noch immer, daß sie diese gemeinen Sachen gemacht hat?" fragte Erika, schaute aber Lucie dabei nicht an.

„Ich glaube es nicht", sagte Lucie sofort. „Solche Gemeinheiten passen nicht zu einem so tapferen Mädchen wie Margret. Sie hat sicher sehr viele Fehler und auch schlechte Eigenschaften, aber hinterhältig ist sie nicht."

Die Hausmutter steckte ihren Kopf zur Tür herein.

„Lucie", sagte sie, „die zehn Minuten sind um."

„Bitte, geh noch nicht", sagte Erika und umklammerte Lucies Hand. Aber es half nichts. Lucie mußte gehen.

Und dann verlebte Erika eine sehr unangenehme Zeit. Es ist schon schlimm genug, wenn andere auf uns herabschauen, aber noch viel schlimmer ist es, wenn wir uns selbst verachten. Und das tat Erika jetzt. Sie fühlte sich immer elender. Mittags wollte sie nichts essen, und die Hausmutter maß besorgt ihre Temperatur. Aber die war normal.

„Hast du Kummer?" fragte sie. Erikas Augen füllten sich mit Tränen.

„Ja", sagte sie verzweifelt. „Ich habe furchtbaren Kummer. Ich muß immer daran denken."

„Erzähl es mir", sagte die Hausmutter freundlich.

„Nein", erwiderte Erika und wandte ihr Gesicht wieder zur Wand. Aber sie konnte all ihre Gedanken nicht länger für sich behalten. Sie mußte einfach mit jemandem sprechen. Als die Hausmutter das Zimmer verließ, rief sie sie zurück: „Ich möchte, daß Lucie kommt!" sagte sie, „daß sie gleich kommt."

„Aber mein liebes Kind, die hat doch jetzt Unterricht!" entgegnete die Hausmutter erstaunt. „Sie kann dich am Nachmittag besuchen, wenn du willst."

Erika fing bitterlich an zu weinen und schluchzte so herzerweichend, daß die Hausmutter zu ihr eilte.

„Was ist denn los?" fragte sie.

„Bitte, holen Sie Lucie", schluchzte Erika. „Oh, bitte, bitte holen Sie Lucie!"

Die Hausmutter ließ Lucie rufen. Erika mußte ihren Kummer loswerden. Lucie war überrascht, kam aber sofort.

„Was ist los?" fragte sie.

„Erika hat Sorgen, Lucie", erklärte die Hausmutter. „Versuch, sie zum Sprechen zu bringen. Sonst wird sie uns wirklich noch krank."

Lucie betrat den kleinen Raum und setzte sich auf Erikas Bett. Erika hatte aufgehört zu weinen, ihr Gesicht war weiß und schmal. Sie starrte Lucie mit großen Augen an.

„Na, was gibt's, altes Haus?" fragte Lucie und lächelte ihr zu.

„Lucie! Ich muß es jemandem sagen, oder ich werde noch ganz verrückt!" sagte Erika verzweifelt. „Ich habe Hanni all diese scheußlichen Dinge angetan. Es war nicht Margret. Ich war es."

„Oh, Erika!" sagte Lucie erschüttert. „Arme, arme Margret!"

Erika sagte nichts. Sie wandte ihr Gesicht ab und lag ganz still da. Sie fühlte sich sehr elend.

Lucie blieb einen Moment wortlos sitzen. Dann ergriff sie Erikas kalte Hand. Sie wußte, daß sie zu dem Mädchen nett sein mußte, obwohl sie sich nur schwer dazu durchringen konnte. Wenn sie daran dachte, was Margret durchgemacht hatte!

„Erika! Ich bin froh, daß du es mir gesagt hast. Du weißt, daß ich es den anderen sagen muß, nicht wahr? Niemand darf mehr glauben, daß Margret diese Dinge getan hat.

Wir haben sie alle verdächtigt und sehr ungerecht behandelt. Siehst du ein, daß ich es den anderen sagen muß?"

„Ist das wirklich nötig?" fragte Erika, und ihre Augen füllten sich mit Tränen. „Wie kann ich ihnen je wieder in die Augen schauen, wenn du das tust?"

„Das weiß ich nicht, Erika", sagte Lucie. „Das mußt du entscheiden. Du warst sehr boshaft und gemein. Jetzt mußt du die Folgen tragen. Warum sprichst du nicht einmal mit Fräulein Theobald?"

„Nein. Das wage ich nicht", sagte Erika, die sich vor Fräulein Theobalds ernstem Gesicht fürchtete. „Sag du es ihr, Lucie. Oh, Lucie, ich möchte hier weg. Ich habe mich so schlimm benommen. Niemand hat mich gemocht, und jetzt wird mich erst recht niemand mögen. Ich kann ihnen nicht mehr gegenübertreten. Ich bin ein Feigling, das weiß ich. Aber ich kann es nicht ändern."

„O doch", sagte Lucie ernst. „Früher oder später mußt du lernen, zu deinen Taten zu stehen. Du mußt deine schlechten Eigenschaften bekämpfen, sonst wirst du nie ein anständiger Mensch. Ich werde mit Fräulein Theobald sprechen. Mach dir jetzt keine Sorgen."

Lucie ging zur Hausmutter. „Erika hat mir alles erzählt, was sie beunruhigt", sagte Lucie. „Es ist etwas, das ich Fräulein Theobald besser persönlich mitteile. Kann ich jetzt zu ihr gehen?"

„Aber natürlich", sagte die Hausmutter und dachte bei sich, daß Lucie Oriell eines der nettesten Mädchen war, die sie in Lindenhof kennengelernt hatte. „Geh ruhig."

Die Direktorin hörte Lucie ernst zu, bis sie geendet hatte. Dann sagte sie: „So, Margret wurde also irrtümlich beschuldigt. Arme Margret! Sie hat sehr viel Pech in ihrem Leben. In der letzten Nacht hat sie sich einfach heldenhaft benommen. Was für ein mutiges Mädchen sie doch ist! Sie hat zwei Seiten in ihrem Charakter, und die bessere Seite trat gestern sehr klar zutage."

„Fräulein Theobald, wir wissen, daß Margret viele Schulen verlassen mußte“, sagte Lucie und schaute ihrer Direktorin gerade in die Augen. „Und wir haben angenommen, daß die Lehrerinnen etwas nachsichtiger mit ihr sein sollten, um ihr einen neuen Anfang zu ermöglichen. Und obwohl ich neu hier bin, möchte ich doch sagen, daß in Lindenhof jedes Mädchen die Möglichkeit erhält, sich zu bewähren. Es herrscht ein wunderbarer Geist an dieser Schule. Ich bin froh, daß mich meine Eltern hierhergeschickt haben.“

Fräulein Theobald schaute in Lucies ehrliches Gesicht.

„Auch ich bin froh, daß deine Eltern dich hierhergeschickt haben“, sagte sie lächelnd, „denn du bist ein Mädchen, das dazu beiträgt, den Geist dieser Schule aufrechtzuerhalten, Lucie.“

Lucie wurde rot vor Freude. Fräulein Theobald fuhr fort. „Jetzt müssen wir uns über ein oder zwei Dinge klarwerden“, sagte sie, und bei dem Wort ‚wir‘ überkam Lucie ein Gefühl des Stolzes. „Am besten ist es, du gehst zu Margret und erzählst ihr alles. Sie muß sofort erfahren, daß ihr euch in ihr getäuscht habt und daß es euch leid tut. Sie muß auch wissen, daß Erika all diese üblen Streiche gespielt hat. Wie seltsam, daß Margret gerade das Mädchen rettete, das so hinterhältig zu ihr war! Erika muß darüber sehr bestürzt sein.“

„Das wird Margret sehr ändern“, sagte Lucie, und ihre Augen begannen zu strahlen. „Alle halten sie jetzt für eine Heldin und nicht mehr für ein mürrisches, unerzogenes Mädchen.“

„Ja, ich glaube, es könnte jetzt manches einfacher für sie werden“, meinte Fräulein Theobald. „Du mußt wissen, daß Margret kein richtiges Zuhause hat, Lucie, und deshalb hat sie es auch so schwer. Mehr kann ich dir darüber nicht sagen. Du mußt damit zufrieden sein! Aber, was machen wir mit Erika?“

Sie schauten einander nachdenklich an.

„Fräulein Theobald, für Erika sind die Dinge nicht so leicht", sagte Lucie. „Sie ist sehr schwach. Sie wird die Verachtung der anderen Mädchen nicht ertragen können. Ich glaube, es ist das beste für sie, wenn sie Lindenhof verläßt und anderswo einen neuen Anfang macht. Man sollte sie nicht aus der Schule ausstoßen, aber könnte es nicht irgendwie vereinbart werden?"

„Ja, natürlich", sagte die Direktorin. „Ich könnte ihrer Mutter schreiben und ihr die Dinge erklären. Erika hat keinen Vater, weißt du. Und ich könnte ihr vorschlagen, daß Erika die paar Wochen bis Ostern zu Hause verbringt und anschließend in eine andere Schule geht, in der sie noch einmal ganz von vorn beginnen kann! Arme Erika! Wie gut, daß sie alles gesagt hat."

Inzwischen war die Kaffeezeit herangekommen, und Lucie ging zum Speisesaal. Sie fühlte sich furchtbar hungrig, aber sehr zufrieden.

„Wo bist du gewesen?" riefen die anderen, als sie auftauchte. „Du hast die Zeichenstunde verpaßt, wo du sie doch so gern hast!"

„Oh . . . leider!" sagte Lucie traurig. „Ich hatte es ganz vergessen. Nun, ich hätte es doch nicht ändern können."

„Aber Lucie, wo bist du denn gewesen, und was hast du gemacht?" fragte Hanni. „Sag es uns doch! Du siehst so aufgeregt aus."

„Ich habe ein paar aufschlußreiche Neuigkeiten erfahren", sagte Lucie und nahm sich Brot, Butter und Marmelade. „Ich erzähle es euch im Aufenthaltsraum nach dem Kaffee. Jetzt bin ich zu hungrig dazu. Ihr müßt schon noch eine Weile warten!"

Hilfe für Margret

Gleich nach dem Kaffee versammelten sich die zweite und dritte Klasse in ihrem gemeinsamen Aufenthaltsraum. Sie waren sehr neugierig. Sie ahnten, daß Lucie etwas Aufregendes zu erzählen hatte.

Lucie setzte sich auf einen Tisch und berichtete mit ihrer ruhigen, klaren Stimme, was sich am Mittag ereignet hatte. Es gab viele Unterbrechungen, denn die Mädchen wurden sehr böse, als sie von Erikas Niedertracht erfuhren.

„Dieses Biest! Dieses gemeine Biest!"

„Ich möchte ihr jedes Haar einzeln ausreißen!"

„Wenn ich daran denke, daß ich die arme Margret beschuldigt habe!"

„Was für ein boshaftes Geschöpf! Ich werde kein Wort mehr mit ihr reden!"

„Wartet nur, bis sie in die Klasse zurückkommt! Dann wird sie etwas erleben. Und für diese falsche Schlange hat sich Margret noch ein Bein gebrochen!"

„Nun hört zu", sagte Lucie und versuchte die anderen zu beruhigen. „Hört zu! Ich habe euch noch etwas zu sagen."

Plötzlich verstummten alle. Lucie teilte ihnen mit, daß Erika nach Hause geschickt würde, ohne von der Schule verstoßen zu sein. Man wollte ihr die Möglichkeit geben, woanders neu zu beginnen. „Hoffen wir, daß sie die Lehre begriffen hat und in Zukunft nicht mehr so gemein ist", meinte Lucie zum Schluß.

„Sie würde schon begreifen, wenn sie in die Klasse zurückkäme", sagte Jenni grimmig.

„Ja, aber du würdest sie nur verängstigen und elendmachen“, erwiderte Lucie. „Und ein niedergedrückter, unglücklicher Mensch kann bestimmt nicht viel Gutes leisten.“

„Lucie gibt dem Unterlegenen immer eine Chance!“ sagte Hanni und versetzte Lucie einen freundschaftlichen Rippenstoß. „Du bist in Ordnung, Lucie, altes Haus. Du hast völlig recht.“

Erika wurde in Lindenhof nicht mehr gesehen. Einmal noch besuchte sie Lucie, um ihr Lebewohl zu sagen. Erika war wieder aufgestanden, sah aber blaß und unglücklich aus. Sie war froh, von hier wegzukommen, aber sie fürchtete sich vor ihrer Mutter.

„Du sagst deiner Mutter ganz einfach, daß du dich häßlich benommen hast“, meinte Lucie. „Und sag ihr, daß du es weißt und dich bessern willst. Du kannst es, wenn du dich bemühst. Schreib mir, wie du dich in deiner neuen Schule eingelebt hast.“

Und so verließ Erika Lindenhof. Niemand vermißte sie, und niemand winkte ihr nach, als sie im Taxi mit ihren Koffern davonfuhr.

Margret dagegen wurde sehr vermißt.

„Wie geht's ihr?“ wurde die Hausmutter fast jeden Augenblick gefragt.

Schließlich hängte sie einen Zettel an die Tür, auf dem stand: „Margret geht es schon viel besser.“

Lucie und Hanni waren die ersten, die Margret besuchen durften. Sie brachten ihr Blumen und Pralinen.

„Hallo, altes Haus!“ sagte Hanni und gab ihr die Blumen. „Wie geht's der Heldin?“

„Red nicht solchen Stuß!“ sagte Margret. „Oh, was für wunderbare Osterglocken! Woher habt ihr eigentlich gewußt, daß ich auf Pralinen ganz närrisch bin?“

„Hier ist etwas von Nanni“, sagte Hanni und reichte ihr ein Mosaikspiel. „Jeder hat etwas für dich, aber die Hausmutter wollte nicht zuviel auf einmal erlauben.“

Margret wurde vor Freude rot. Sie vergaß sogar die Schmerzen im Bein und ließ sich verwöhnen.

„Wie geht's Erika?“ fragte sie.

„Sie ist weg“, erwiderte Lucie. „Und sie kommt auch nicht mehr zurück.“

„Weg?“ sagte Margret verwirrt. „Wieso? Ist sie krank?“

„Nein“, sagte Lucie. „Sie ist gegangen, weil sie uns nicht mehr in die Augen sehen konnte. Wir wissen nämlich jetzt, daß sie Hannis Jacke und Hefte verdorben hat.“

Margret starrte sie erstaunt an. „Aber ihr habt doch geglaubt, daß ich es gewesen bin“, sagte sie. „Wie habt ihr denn herausgefunden, daß es Erika war?“

Lucie erzählte es ihr. „Und wir müssen uns bei dir vielmals entschuldigen“, sagte sie. „Bitte, verzeih uns!“

Margret weinte selten, aber jetzt traten ihr die Tränen in die Augen. Sie wischte sie weg. Sie wußte nicht, was sie sagen sollte.

„Nun, ich hab euch genug Anlaß zu solchen Vermutungen gegeben“, sagte sie schließlich. „Ich war so unausstehlich. Und es stimmt auch, ich bin von sechs Schulen weggeschickt worden, wegen Ungezogenheit und Trotz. Aber wißt ihr ... niemand kümmert sich um mich zu Haus ... und deshalb fühle ich mich immer so elend ... und wenn ich mich elend fühle, werde ich unfreundlich.“

„Du brauchst es uns nicht zu erzählen“, sagte Lucie. „Doch wenn es dir hilft, dann sag alles. Wir werden dich bestimmt verstehen.“

„Ach, es gibt eigentlich nicht viel zu erzählen“, sagte Margret und schaute in Lucies freundliche Augen. „Es ist wahrscheinlich mein eigener Fehler. Meine Mutter starb, als ich noch klein war. Sie hatte mich so gern, und ich habe sie schrecklich vermißt. Dann heiratete mein Vater wieder, und meine Stiefmutter konnte mich nicht leiden. Sie sagte meinem Vater so furchtbare Dinge über mich, und er glaubte es und wandte sich immer mehr von mir ab. Ich ...

ich habe ihn sehr lieb, wißt ihr, auch jetzt noch, trotzdem. Ich würde alles in der Welt tun, damit er eine gute Meinung von mir bekommt. Er ist ein so wundervoller Mensch."

Margret unterbrach sich und biß sich auf die Lippen. Die anderen sagten nichts.

„Meine Stiefmutter bekam drei Buben, und mein Vater freute sich sehr darüber. Er wollte immer Söhne haben. Ich wurde in den Hintergrund gedrängt und hatte das Gefühl, überflüssig zu sein. Und so wurde ich immer trauriger und immer unausstehlicher. Meine Stiefmutter hatte es schwer mit mir, ich war frech und bösartig. Und das ärgerte meinen Vater. So bin ich also das schwarze Schaf der Familie geworden . . . und es war mir ganz gleich!"

„Und dann wurdest du in ein Internat geschickt und warst dort genauso unfreundlich wie zu Hause", sagte Lucie und nahm Margrets große, starke Hand in ihre kleine. „Oh, Margret, du tust mir furchtbar leid. Du hast es sicher nicht einfach gehabt!"

„Aber wäre dein Vater nicht sehr stolz auf dich, wenn er wüßte, daß du Erika gerettet hast?" rief Hanni.

„Ich werde es ihm nicht sagen", sagte Margret. „Von mir erfährt er nichts. Außerdem würde er es gar nicht glauben. Er meint, ich bin zu nichts nütze. Wißt ihr, er ist . . . so mutig. Er war auf dem Mount Everest."

„Mensch!" rief Hanni bewundernd. „Es muß ja fabelhaft sein, und du schlägst ihm nach! Du bist so stark und so gut im Sport . . . und auch so tapfer."

Margrets Augen leuchteten plötzlich auf. Sie lag da und schaute Hanni glücklich an.

„Daran habe ich nie gedacht", sagte sie. „Aber ich glaube schon, daß ich ihm nachschlage! O Hanni, ich glaube, mein Vater würde sicher viel mehr von mir halten, wenn er wüßte, daß ich ihm ähnlich bin."

In diesem Augenblick kam die Hausmutter herein. Sie sah Margrets glückliches Gesicht. „Euer Besuch hat ihr gut-

Margret redete sich allen Kummer von der Seele

getan“, sagte sie. „Aber jetzt müßt ihr gehen. Morgen könnt ihr wiederkommen.“

Die beiden verabschiedeten sich und gingen hinaus. Hanni faßte Lucie beim Arm, als sie draußen im Flur waren. Ihre Augen glänzten.

„Lucie! Oh, Lucie! Ich habe eine ganz tolle Idee!“

„Was denn für eine?“ fragte Lucie.

„Hör zu!“ sagte Hanni. „Du weißt doch, daß in der Zeitung ein Bild von Margret ist und ein Artikel, in dem steht, wie sie Erika gerettet hat. Wie wäre es, wenn wir das ausschneiden und an Margrets Vater schicken, wenn wir außerdem noch schreiben, wie stolz wir hier in Lindenhof auf sie sind!“

„Das ist wirklich eine glänzende Idee!“ sagte Lucie. „Die

Anschrift können wir sicher von Fräulein Theobald bekommen. Wie wird sich Margrets Vater freuen. Nun wird er endlich merken, wie seine Tochter in Wirklichkeit ist. Höchste Zeit, daß Margret auch einmal Glück hat."

Im Aufenthaltsraum schnitt Hanni den Artikel über das „tapfere Schulmädchen" aus.

„Was tust du?" fragte Nanni neugierig.

„Dir sage ich es, aber sonst darf es niemand erfahren", sagte Hanni. Und dann setzten sich die Zwillinge und Lucie zusammen und entwarfen einen Brief an Margrets Vater:

Lieber Herr Fenworthy!

Wir wissen, daß Sie ein sehr tapferer Mann sind, denn Margret hat uns viel von Ihnen erzählt. Vielleicht haben Sie schon gehört, wie tapfer Margret war, obwohl Sie vielleicht noch nicht alle Einzelheiten kennen.

Hier sind sie:

Margret kletterte an einem Abflußrohr bis zum Fenstersims eines brennenden Zimmers und rettete ein Mädchen namens Erika. Sie zerriß ein Laken in Streifen und band es am Bett fest. Sie ließ sich daran herunter und trug noch Erika auf dem Rücken. Sie fiel von der Leiter, brach sich ein Bein und verletzte sich am Kopf. Sie rettete Erikas Leben und ist eine wirkliche Heldin.

Margret ist furchtbar stark. Sie sollten sie einmal beim Sport sehen. Sie ist jetzt schon die beste Handballspielerin der Schule. Sie allein hat den letzten Kampf entschieden. Wir glauben, daß sie Ihnen sehr ähnelt; wir sind auch ganz sicher, daß sie schon jetzt stark und mutig genug ist, um auf Berge zu klettern. Gesundheitlich geht es ihr jetzt schon viel besser, aber wir glauben, daß sie sich ziemlich einsam fühlt. Deshalb wäre es sehr nett von Ihnen, wenn Sie sie einmal besuchen würden.

Wir sind alle sehr, sehr stolz auf Margret, und wir hoffen, daß sie so lange in Lindenhof bleibt, bis sie mit der Schule fertig ist. Wir dachten, daß Sie das alles wissen sollten, damit Sie stolz auf sie sein können.

Freundliche Grüße senden Ihnen drei Freundinnen von Margret

Hanni und Nanni Sullivan und Lucie Oriell.

Die Mädchen waren recht zufrieden mit ihrem Brief und brachten ihn noch am selben Tag zur Post. Die Wirkung trat prompt ein, denn am nächsten Tag erhielt Margret ein Telegramm, das sie sehr aufregte. Es war von ihrem Vater.

„Sehr, sehr stolz auf dich. Besuche dich heute. Alles Liebe, Vati."

Margret zeigte den Zwillingen das Telegramm. „Ich bin so glücklich", sagte sie immer wieder. „Ich bin so furchtbar glücklich. Stellt euch vor, mein Vater besucht mich. Er ist sehr stolz auf mich!"

Die Mädchen wollten alle gern Margrets Vater kennenlernen. Er war ein gutaussehender Mann, groß, breitschultrig und sehr sportlich. Er sah Margret sehr ähnlich. Er ging zuerst zu Fräulein Theobald und dann zu Margret.

Was zwischen Margret und ihrem Vater besprochen wurde, erfuhr niemand, denn Margret hütete es wie ein kostbares Geheimnis. Sie wollte nicht einmal Lucie an diesen wunderbaren Minuten teilnehmen lassen, in denen ihr Vater sie gelobt und in die Arme genommen hatte. Endlich hatte sich alles zum Guten gewendet.

„Hanni, Nanni, Lucie, ihr habt meinem Vater geschrieben!" sagte Margret am nächsten Tag fröhlich. „Er hat mir euren Brief gezeigt. Ihr seid großartig. Die Welt ist jetzt ganz anders! Er wußte gar nicht, wie ich in Wirklichkeit bin . . . und jetzt weiß er es. Und er freut sich, daß ich genauso bin wie er! In den nächsten Ferien nimmt er mich mit ins Gebirge! Stellt euch das mal vor! Und er läßt mich auch hier in Lindenhof, und wenn ich das Abitur gemacht habe, darf ich Sportlehrerin werden. Wißt ihr, daß das schon lange mein größter Wunsch ist?"

„Margret, du siehst so ganz anders aus!" sagte Hanni, als sie Margrets leuchtendes Gesicht sah. Der Trübsinn war wie weggeblasen.

„Jetzt werde ich froh und glücklich arbeiten können", sagte Margret. „Ich werde nie mehr die Schlechteste in der Klasse sein."

„Nein, und außerdem wirst du geradewegs in die oberste Klasse aufsteigen, und dann wirst du uns kommen lassen, damit wir armen Zweitkläßler dir Kaffee kochen und die Schuhe putzen!" lachte Lucie. „Werde nur nicht zu großspurig. Sonst kriegst du es mit Jenni zu tun!"

Lucie hat Pech . . .

Margret durfte bald aufstehen und mit Hilfe von Krükken auf einem Bein herumhüpfen. Obwohl sie nicht mitturnen durfte, grämte sie sich nicht. Sie war auch ohne Sport zufrieden und glücklich. Sie fing an zu büffeln, und die Lehrerinnen entdeckten eine neue, liebenswerte Margret.

Lucie und sie wurden Freundinnen. Margret konnte gar nicht genug für die fröhliche Lucie tun, die ihr nur bis zur Schulter reichte. Sie steckten immer zusammen und lachten über die unmöglichsten Sachen.

„Hoffentlich bleibt Lucie immer glücklich", sagte Hanni einmal, als sie sah, wie Lucie Margret die Treppen hinaufhalf. „Sie ist einfach goldig. Man muß sie gern haben."

„Nun, warum sollte sie nicht glücklich bleiben?" fragte

Nanni. „Sie hat eine liebe Mutter, einen berühmten Vater, und sie ist sehr klug und hübsch. Außerdem mag sie Lindenhof über alles. Sie sagte mir gestern, daß sie eines Tages Vertrauensschülerin der Schule werden möchte. Ich glaube schon, daß sie das schafft."

Aber ein Unglück kann sehr schnell und plötzlich kommen. Ein paar Tage später erhielt Fräulein Theobald ein Telegramm. Sie ließ Lucie zu sich rufen. Lucie bekam einen Schreck, als sie Fräulein Theobalds ernstes Gesicht sah.

„Lucie", sagte sie, ich habe leider eine schlechte Nachricht für dich. Ich hoffe, du kannst tapfer sein?"

„Ja", sagte Lucie und zitterte am ganzen Körper. „Sagen Sie es mir bitte schnell."

„Dein Vater hat einen Autounfall gehabt", sagte Fräulein Theobald. „Er ist schwer verletzt. Er möchte, daß du zu ihm kommst."

„Er wird doch nicht . . . sterben?" fragte Lucie, und ihr Gesicht wurde blaß.

„Nein, das glaube ich nicht", sagte Fräulein Theobald. „Geh jetzt und pack schnell einen kleinen Koffer. Nimm nur das Notwendigste. Ich bringe dich dann zur Bahn. Es tut mir leid, meine Kleine, aber vielleicht ist es gar nicht so schlimm. Sei tapfer."

Lucie eilte fort und bat Margret, ihr beim Packen zu helfen. Das ältere Mädchen war bestürzt, als sie Lucies unglückliches Gesicht sah. Sie legte ihren Arm um sie und zog sie an sich. „Sei nicht so traurig!" sagte sie. „Vielleicht ist schon alles wieder gut, wenn du heimkommst. Ich packe dir jetzt deinen Koffer schon. Sag mir nur, was du mitnehmen willst."

Kurz darauf brachte Fräulein Theobald die völlig verstörte Lucie zur Bahn. Auch ihre Kameradinnen waren bedrückt. Margret vermißte ihre Freundin sehr. Es war allen unfaßbar, daß dieser Schlag ausgerechnet die fröhliche Lucie treffen mußte.

„Ich werde für Lucies Vater beten", sagte Jenni.

Alle dachten ununterbrochen an Lucie und machten sich große Sorgen um sie. Endlich, nach vier Tagen, erhielt Margret einen Brief. Sie las ihn und berichtete ihren Kameradinnen, was Lucie geschrieben hatte.

„Ihr Vater ist außer Gefahr", sagte Margret. „Aber es ist ihm etwas Furchtbares passiert. Er kann nie wieder seine rechte Hand gebrauchen, und er ist doch Maler!"

Die Mädchen waren ganz entsetzt, als sie es hörten. „Das ist wirklich schlimm für ihn", sagte Margret, „und auch für Lucie. Denn wenn er mit seiner Malerei kein Geld mehr verdienen kann, muß Lucie die Schule verlassen und nach Hause zurückkehren."

„Nein!" rief Tessie. „Sie ist das netteste Mädchen, das je hier war!"

„Und es gefiel ihr doch so gut in Lindenhof!" sagte Hanni. „Was für ein Pech! Arme Lucie. Bestimmt macht sie sich schreckliche Sorgen um ihren Vater; und dann muß sie noch sehen, wie sich mit einemmal ihr ganzes Leben ändert. Sicher ist sie sehr unglücklich!"

„Wahrscheinlich muß sie bald die Schule verlassen und eine Arbeit annehmen", sagte Hilda. „Lindenhof ist teuer. Schade, daß sie kein Stipendium erhalten kann."

„Wenn sie in der dritten Klasse wäre, könnte sie es", sagte Tessie. „Dort ist ein Stipendium ausgeschrieben; der Gewinner kann sich eins von zwölf Internaten aussuchen und dort bleiben, ohne Schulgeld zu bezahlen."

„Aber Lucie ist erst in der zweiten Klasse", sagte Hanni. „Oh, wenn wir ihr doch helfen könnten! Margret, kommt sie überhaupt noch vor den Ferien zurück?"

„Ja, in zwei Tagen, wenn ihr Vater das Krankenhaus verläßt", sagte Margret und schaute trübselig auf den Brief.

„Wir dürfen sie nicht allzusehr bemitleiden, wenn sie zurückkommt. Das bringt sie nur noch mehr durcheinander. Wir sollten ihr ohne falsche Rührseligkeit begegnen, aber besonders nett und freundlich sein. Sie weiß sowieso, daß wir mit ihr fühlen."

Lucie wurde herzlich empfangen, als sie zurückkam. Ihr Gesicht war schmaler geworden, aber sie ließ den Kopf nicht hängen. Ihr liebes Lächeln war unverändert, nur ein bißchen traurig geworden.

Die Mädchen bedrängten sie nicht zu sehr. Nur Margret legte den Arm um sie und erzählte ihr, was die Klasse während ihrer Abwesenheit getan hatte. Lucie drückte den Arm ihrer Freundin.

„Du bist so nett zu mir, Margret", sagte sie, „und du hast mir einen sehr lieben Brief geschickt. Er hat mir viel geholfen. Armer Vati. Er weiß, daß er wahrscheinlich nie wieder malen kann, aber er will es mit seiner linken Hand versuchen. Er ist so tapfer. Er macht sich jetzt furchtbare Vorwürfe, weil er nie Geld zurückgelegt hat. Weißt du, er verdiente immer so viel, wie er wollte, und gab dann das ganze Geld gleich wieder aus! Niemand von uns dachte ans Sparen. Wir haben uns völlig auf Vati verlassen."

„Kannst du wirklich nicht mehr hier in Lindenhof bleiben?" fragte Margret.

„Bestimmt nicht", sagte Lucie. „Wir könnten das Schulgeld nie aufbringen. Wenn ich schon etwas älter wäre, bekäme ich vielleicht ein Stipendium. Aber so muß ich Lindenhof leider verlassen. Vielleicht kann ich in eine Handelsschule gehen und dann Sekretärin werden. Ich begreife alles ziemlich rasch."

„Ich werde dich schrecklich vermissen", sagte Margret, „gerade jetzt, wo ich zum erstenmal in meinem Leben eine Freundin habe! Wenn ich nur etwas für dich tun könnte."

Margret war zäh, sie gab nicht so schnell auf. Sie zerbrach sich den Kopf, wie sie Lucie helfen könnte. Und dann hatte sie plötzlich eine Idee. Wenn nur alles klappte! Heimlich ging sie zu Fräulein Theobald. Sie pochte an die Tür und wartete klopfenden Herzens, bis die Direktorin „Herein!“ rief.

Margret trat ein. Sie war sehr aufgeregt und erschrak ein wenig, als sie sah, daß Fräulein Theobald nicht allein war.

„Oh, Fräulein Theobald, ich wußte nicht, daß Sie Besuch haben“, sagte Margret enttäuscht. „Ich wollte Sie sehr dringend etwas fragen.“

Fräulein Walker, die Zeichenlehrerin, saß im Zimmer der Direktorin. Sie hatte mit Fräulein Theobald gesprochen und war durch Margrets Eintreten unterbrochen worden. Fräulein Theobald schaute Margret an und bemerkte ihren Eifer.

„Worum handelt es sich denn?“ fragte sie freundlich. „Ist es etwas Persönliches?“

„Nun ... ja, eigentlich schon“, sagte Margret. Es handelt sich um Lucie.“

„Seltsam!“ sagte Fräulein Theobald. „Fräulein Walker ist auch wegen Lucie bei mir. Ich glaube, du kannst mir ruhig sagen, was du auf dem Herzen hast, auch wenn Fräulein Walker hier ist. Sie interessiert sich sehr für Lucie, besonders, weil sie für die Malerei so begabt ist.“

„Fräulein Theobald, Lucie ist sehr unglücklich, daß sie nach den Ferien die Schule verlassen muß“, sagte Margret. „Es gefällt ihr doch so gut in Lindenhof. Und wir haben sie alle gern, und Sie doch auch, nicht wahr? Und nun, Fräulein Theobald, habe ich einen Einfall.“

„Was für einen Einfall?“ fragte die Direktorin und konnte ein Lächeln nicht ganz unterdrücken. Margret überstürzte sich fast vor Eifer:

„Fräulein Theobald, Sie wissen doch, daß Lucie sehr klug ist?“ sagte Margret. „Sie ist die Beste in unserer Klasse und hat ein unwahrscheinliches Gedächtnis. Sie braucht sich eine Seite nur anzuschauen und kann sie schon auswendig!“

„Ich weiß“, sagte Fräulein Theobald, „Lucie ist sehr begabt. Aber worauf willst du eigentlich hinaus?“

„Glauben Sie nicht, daß Lucie die Stipendiumsprüfung in der dritten Klasse mitmachen könnte?" fragte Margret, und ihre Augen leuchteten. „Sie würde bestimmt gewinnen, denn sie kann furchtbar büffeln, wenn es drauf ankommt. Könnten Sie ihr nicht die Möglichkeit geben, mitzumachen? Sie hätte es ganz bestimmt verdient."

„Das brauchst du mir nicht extra zu sagen", sagte Fräulein Theobald. „Das wissen wir alle sowieso. Ich habe ihren Eltern vorgeschlagen, sie bei ermäßigten Schulgebühren in Lindenhof zu behalten, doch das wollen sie nicht. Margret, Liebes, du stellst dir das alles sehr leicht vor. Lucie ist erst zwölf und die anderen Mädchen, die an der Prüfung teilnehmen, sind alle schon dreizehn und vierzehn. Ich weiß, daß Lucie sehr begabt ist; aber glaubst du wirklich, daß sie es schaffen könnte? Sie müßte eine Unmenge Arbeit in Kauf nehmen und würde wahrscheinlich zum Schluß eine bittere Enttäuschung erleben. Du weißt vielleicht, daß auch in der dritten Klasse ein oder zwei sehr kluge Mädchen sind?"

Margret schaute die Direktorin verzweifelt an. Sie hatte sich so große Hoffnungen gemacht! Sie war ganz sicher gewesen, daß Lucie das Stipendium gewinnen würde.

„Lassen Sie es doch Lucie versuchen!" sagte Margret und sah die Direktorin bittend an.

Fräulein Walker nickte. „Vielleicht hat Margret recht, und Lucie gewinnt das Examen."

Fräulein Theobald fing an zu lachen. „Wirklich, die Führung dieser Schule wird mir aus der Hand genommen!" sagte sie. „Lucie hat mir gesagt, was das Beste für Erika ist, und du sagst mir, was das Beste für Lucie ist. Ich habe fast das Gefühl, eine Direktorin wird in Lindenhof nicht mehr gebraucht."

„Oh, Fräulein Theobald, wir wissen doch alle, daß Sie die Schule zu dem machen, was sie ist", sagte Margret und wurde rot. „Aber Sie können sich gar nicht vorstellen, wie beliebt Lucie ist, und sie ist die erste Freundin, die ich jemals hatte, und ich habe mir den Kopf zerbrochen, wie ich ihr helfen könnte."

„Nun, Margret, wir werden sehen, was sich tun läßt", sagte Fräulein Theobald. „Fräulein Walker hat mir übrigens gerade den gleichen Vorschlag gemacht."

„Oh, wie nett von Ihnen, Fräulein Walker!" sagte Margret, die die Zeichenlehrerin eigentlich nie recht leiden konnte. Jetzt gestand sie sich ein, daß es ihr eigener Fehler gewesen war, denn sie hatte sich bei Fräulein Walker noch nie angestrengt. Von jetzt an würde das anders werden.

„Wir sollten Lucie noch ein paar Jahre hierbehalten und ihr dann vorschlagen, sich um ein Stipendium an der Kunstakademie zu bewerben", meinte Fräulein Walker. „Ich glaube, sie ist künstlerisch hochbegabt. Es wäre ein Jammer, wenn ihr Talent verkümmerte."

„Ich werde mir alles noch einmal durch den Kopf gehen lassen", sagte Fräulein Theobald, „und will auch mit den anderen Lehrerinnen sprechen, um mich genauer über Lucies Fähigkeiten zu unterrichten. Sobald etwas entschieden ist, bekommst du Nachricht, Margret. Jetzt aber bedanke ich mich bei dir, daß du dich so tatkräftig für Lucie eingesetzt hast. Ich bin froh, daß du nach Lindenhof gekommen bist. Wir haben dir geholfen, und nun willst du uns helfen. Ist das nicht ein großer Erfolg für uns alle?"

... und auch etwas Glück

Zufrieden verließ Margret den Raum. Sie war davon überzeugt, daß nun für Lucie etwas getan wurde. Trotzdem erzählte sie niemandem, was sie mit der Direktorin besprochen hatte, auch Lucie nicht. Sie wollte ihr eine mögliche Enttäuschung ersparen.

Fräulein Theobald hielt Wort. Sie unterhielt sich mit Lucies Lehrerinnen und wiederholte kurz Margrets Vorschlag. Sie sprachen ihn gründlich durch. Alle Lehrerinnen hatten Lucie Oriell gern und bewunderten ihre schnelle Auffassungsgabe und ihr erstaunliches Gedächtnis. Fräulein Lewis war sofort bereit, Lucie für den Geschichtsteil der Prüfung vorzubereiten. Sie war sicher, daß Lucie in diesem Fach hervorragend abschneiden würde.

„Ihr Französisch ist einwandfrei", sagte Mamsell. „Sie war ein paarmal in den großen Ferien in Frankreich. Sie spricht französisch fast so gut wie ich!"

Rechnen war Lucies schwacher Punkt. Der Stoff war ihr zu trocken und spröde, und sie hatte öfter mit Schwierigkeiten zu kämpfen. Rechnen war Fräulein Theobalds Lieblingsfach, und sie war eine ausgezeichnete Lehrerin.

„Ich könnte ihr ein paar Nachhilfestunden geben", sagte sie. „Das Kind verdient es, daß man sich um es kümmert. Ich unterrichte zwar gegenwärtig nicht, weil mich die Führung der Schule völlig in Anspruch nimmt, aber für Lucie mache ich schon einmal eine Ausnahme."

Nach einer Stunde gingen die Lehrerinnen in ihre Zimmer zurück. Margret, die das Treffen bemerkt hatte, zerbrach sich den Kopf, ob die Lehrerinnen wegen Lucie bei der Direktorin waren. Sie erfuhr es bald, denn Fräulein Theobald ließ sie zu sich kommen.

„Nun, Margret“, sagte die Direktorin ohne Einleitung. „Wir haben über Lucies Zukunft gesprochen. Wir halten es für möglich, daß sie das Stipendium gewinnt. Ich habe nun ihren Eltern geschrieben und ihnen diesen Vorschlag unterbreitet. Warten wir ab, was sie dazu sagen.“

Die Antwort kam am nächsten Tage durchs Telefon. Frau Oriell wir von dem Plan begeistert und wollte ihrer Tochter die Möglichkeit geben, weiter die Schule zu besuchen.

„Ich bin so froh, daß sie einverstanden sind, Frau Oriell“, sagte Fräulein Theobald erfreut. „Ich danke Ihnen, daß Sie mich gleich angerufen haben. Lucie erfährt es sofort.“

Fräulein Theobald ließ Lucie rufen und erklärte ihr alles mit wenigen Worten. Das Mädchen hörte mit glänzenden Augen zu. Es war fast zu schön, um wahr zu sein; nach diesem Schreck nun so einen unerwarteten Hoffnungsschimmer. „Oh, Fräulein Theobald, recht, recht herzlichen Dank!“ sagte Lucie. „Ich verspreche Ihnen, daß ich mich ganz arg anstrenge. Ich will richtig büffeln, selbst in den Ferien. Ich muß das Stipendium gewinnen, irgendwie werde ich es schon schaffen. Es täte mir so leid, Lindenhof verlassen zu müssen.“

„Nun, dann ist ja alles geregelt“, sagte Fräulein Theobald. „Ich habe die Sache mit den anderen Lehrerinnen besprochen, und sie wollen dich besonders vorbereiten. Ich selber werde dich in Rechnen unterrichten. Wir fangen noch diese Woche an, denn jetzt zählt jeder Tag. Du darfst dich aber auf keinen Fall überarbeiten. Du mußt mir versprechen, zwischendurch immer einmal eine Pause zu machen. Ich werde Margret ans Herz legen, daß sie auf dich aufpaßt.“

„Oh, wird sich Margret freuen!“ rief Lucie und dachte an ihre Freundin. „Ich werde es ihr zuerst sagen.“

„Ja, ich glaube auch, daß sie sich sehr freut“, sagte Fräulein Theobald.

Lucie lief aufgeregt aus dem Zimmer. Sie fand Margret zusammen mit zwei anderen Mädchen im Aufenthaltsraum. Lucie rannte zu ihrer Freundin und versetzte ihr einen Rippenstoß.

„Margret! Hör zu! Ich habe eine tolle Nachricht!“ rief sie. „Du wirst es nicht glauben! Ich bleibe in Lindenhof!“

„Oh, Lucie! Darfst du dich um das Stipendium bewerben?“ rief Margret und hätte zu gern ein gesundes Bein gehabt, um Lucie herumzuwirbeln.

„Woher weißt du das denn?“ fragte Lucie erstaunt.

„Weil es meine Idee war!“ sagte Margret glücklich. „Ich bin doch zu Fräulein Theobald gegangen. Aber ich wollte dir nichts sagen, ehe es entschieden war. Oh, Lucie, ich bin so froh!“

„Du bist eine wirkliche Freundin!“ sagte Lucie bewundernd. „Ich bin so froh, daß ich dich habe! Margret, das werde ich dir nie im Leben vergessen.“

„Komm, sei nicht gefühlsduselig!“ sagte Margret. „Ich bin ja vor allem glücklich dran. Du bleibst in Lindenhof, und ich behalte meine Freundin. Es wäre schrecklich gewesen, wieder allein zu sein. Nur wirst du furchtbar büffeln müssen. Ich passe aber auf, daß du auch neben der Arbeit noch ein wenig Spaß hast.“

„Wie lustig, genau das hat auch Fräulein Theobald gesagt!“ meinte Lucie lachend. „Nun, wenn die Lehrerinnen auf meine Arbeit aufpassen und du dich um meine Freizeit kümmerst, kann ja eigentlich nichts schiefgehen, nicht wahr?“

„Was ist eigentlich mit euch beiden los?“ rief Hanni von der anderen Seite des Raumes herüber. „Warum tuschelt ihr so aufgeregt miteinander? Hat einer von euch ein ‚Sehr gut‘ von Mamsell erhalten?“

„Du spinnst wohl“, sagte Margret. Es war nur allzu bekannt, daß Mamsell nie die Note „Sehr gut" gab, zumindest nicht in letzter Zeit. „Nein, etwas viel Tolleres ist passiert. Lucie bleibt hier. Sie bewirbt sich gegen Ende des Schuljahres um das Stipendium der dritten Klasse mit. Was haltet ihr davon?"

Die Mädchen stürmten fröhlich auf Lucie los. Lucie war glücklich, daß alle sie so gern mochten, und sie war noch glücklicher, eine so treue Freundin gefunden zu haben. Wenn doch nur die Hand ihres Vaters wieder heilte, dann wäre sie der glücklichste Mensch der Welt.

„Lucie", sagte Margret an dem Abend, ehe sie ins Bett gingen. „Ich habe über etwas nachgedacht."

„Du liebe Güte, doch nicht schon wieder eine Idee?" sagte Lucie neckend.

„Doch, aber diesmal geht es um mich, nicht um dich", sagte Margret trocken. „Du weißt doch, ich bin schon vierzehn und dürfte eigentlich nicht erst in der zweiten Klasse sein. Meine Schulbildung ist halt etwas durcheinander, weil ich an keiner Schule lange geblieben bin. Aber ich bin nicht so dumm, nur wahnsinnig faul. Aber jetzt will ich mich anstrengen. Vielleicht kann ich dann eine Klasse überspringen und mit dir zusammen gleich in die vierte kommen. Es ist schwer, richtig befreundet zu sein, wenn wir in verschiedenen Klassen sind."

„O Margret, das ist eine gute Idee!" sagte Lucie sofort. „Es wäre zu schön, wenn wir zusammenbleiben könnten. Knie dich mal richtig in die Arbeit. Vielleicht schaffst du es!"

Zum großen Erstaunen der Lehrerinnen stellte sich nun heraus, daß Margret, die schlechteste Schülerin der zweiten Klasse, ein sehr kluges Mädchen war. Lucie und sie bekamen die besten Noten.

„Wunder hören niemals auf", sagte Fräulein Roberts, als sie die Klassenarbeiten zurückgab. „Margret, du hast bald alle übertrumpft. Das hätte ich nie in meinem Leben erwartet. Wie wäre es, Doris, wenn du mir die nächste Überraschung bereitest? Seit drei Wochen schreibst du völlig ungenügende Arbeiten. Könntest du nicht nächste Woche einmal Lucie und Margret übertreffen?"

Alle lachten. Doris auch. Die Klasse hatte viel Spaß in diesen letzten Wochen vor den Osterferien.

Jenni ist zu Streichen aufgelegt

In der letzten Zeit war Mamsell ungewöhnlich reizbar. Die Mädchen bekamen es in jeder Stunde zu spüren. Manchmal wurden sie völlig zu Unrecht ausgeschimpft.

Jenni ärgerte sich immer mehr. Sie mußte sich bei Mamsells spitzen Bemerkungen sehr zusammenreißen.

„Ah, Jenni! Schon wieder hast du denselben Fehler gemacht, jetzt wohl zum hundertstenmal in diesem Monat!" sagte Mamsell eines Tages. „Mir macht es keinen Spaß, ein so dummes Mädchen wie dich zu unterrichten."

„Und mir macht es keinen Spaß, unterrichtet zu werden", murmelte Jenni ärgerlich. Sie sagte es nur halblaut, aber Mamsell hatte gute Ohren.

„Was hast du gesagt?" schrie sie. „Möchtest du es bitte wiederholen."

Die Klasse lauschte atemlos. Mamsell hatte wieder einen ihrer Anfälle. Das konnte ja aufregend werden, vorausgesetzt, daß man nicht selbst beteiligt war.

Jenni war dreist genug, ihren Satz so laut zu wiederholen, daß ihn die ganze Klasse hörte. „Ich habe gesagt, mir macht es keinen Spaß, unterrichtet zu werden", sagte sie mit klarer, ruhiger Stimme.

„Du freches Mädchen!“ rief Mamsell. „Was ist in diesem Jahr nur mit euch los? Ihr seid unachtsam und störrisch und frech obendrein.“

Die Klasse fand, daß Mamsell selber daran schuld war. Sie war immer so schlecht gelaunt. Die Mädchen blickten sie kampflustig an, sagten aber nichts.

„Jenni, du wirst das ganze französische Gedicht auswendig lernen, das in unserem Buch steht, und du wirst es außerdem noch dreimal abschreiben!“ sagte Mamsell wutentbrannt. Das Gedicht war drei Seiten lang!

„Oh, Mamsell!“ sagte Jenni bestürzt. „Sie wissen doch, daß ich das nicht schaffe. Ich würde ja eine Ewigkeit dazu brauchen. Außerdem lerne ich so schwer auswendig. Ich kann mir vielleicht acht Zeilen merken, aber dieses Gedicht hat mehr als hundert.“

„Um so eher überlegst du es dir das nächstemal, ob du wieder frech wirst“, sagte Mamsell. Sie nahm ihr Brillenetui heraus und setzte sich die Brille auf ihre große Nase. Der Kopf tat ihr weh. Oh, diese Mädchen! Sie waren unausstehlich! Sie konnte sie bald nicht mehr ertragen.

Nach dem Unterricht erklärte Jenni bitterböse: „Es ist nicht recht, daß uns Mamsell so häßlich behandelt. Sie meckert, selbst wenn wir sie gar nicht ärgern. Warum nur? Schließlich arbeiten wir genauso viel wie im letzten Jahr. Sogar Lucie hat sie gestern getadelt, obwohl sie die beste Arbeit geschrieben hat.“

„War sie denn früher netter?“ fragte Lucie verwundert.

„Überhaupt kein Vergleich“, sagte Jenni. „Ich bin nun fast zwei Jahre bei ihr, und Mamsell war immer ein Pfundskerl. Sie war zwar auch früher schon oft gereizt, aber lange nicht so schlimm wie jetzt.“

„Jenni, ich schreibe das Gedicht einmal für dich ab“, sagte Katrin. „Ich kann meine Schrift sehr leicht verstellen. Mamsell merkt bestimmt nichts. Du schaffst es allein ja doch nicht.“

„Oh, danke, Katrin, du bist prima. Ich würde es ja selber machen, wenn ich es nur irgendwie könnte. Mamsell ist verrückt, wenn sie das glaubt!"

Katrin schrieb das Gedicht einmal in Jennis Französischheft. Suse schrieb es noch einmal, denn ihre Handschrift sah der Jennis sehr ähnlich. Jenni selbst schrieb es zum drittenmal, und unter großen Anstrengungen lernte sie es auswendig. Schließlich konnte sie notdürftig den Text, aber bis es soweit war, hatte die Klasse sehr zu leiden.

Am Abend ging Jenni zu Mamsell, um die Strafarbeit zu zeigen und das Gedicht aufzusagen. Sie trug es mit einer sehr schnippischen Stimme vor und schaute ihre Französischlehrerin nicht an. Inzwischen hatte sich Mamsell wieder beruhigt, und Jenni tat ihr sogar ein bißchen leid. Aber Jenni bemerkte das nicht. Sie sah an Mamsell vorbei und verließ das Zimmer, ohne „Gute Nacht" zu sagen.

„Oh, diese unhöflichen Mädchen!" sagte Mamsell seufzend. „Sie sollten mal in Frankreich zur Schule gehen, dann würden sie lernen, wie man sich benimmt."

Jenni konnte Mamsells Härte nicht vergessen. Sie wollte sich an Mamsell rächen und sie mal richtig reinlegen, wie sie sich ausdrückte.

„Ich werde es ihr schon heimzahlen", drohte sie, und ihre Kameradinnen wußten, daß sie es ernst meinte. Also wartete die ganze Klasse voller Spannung. Jennis Streiche waren immer besonders witzig und aufregend. Was würde sie wohl diesmal anstellen?

„Im letzten Jahr hat sie Knallfrösche geworfen", erzählte Hanni Margret und Lucie. „Wir wollten der ängstlichen Lehrerin, die wir damals in Geschichte hatten, einen Streich spielen. Leider kam Fräulein Roberts gerade vorbei, als Jenni ungefähr fünfzig Stück geworfen hatte. Ich kann euch sagen, das gab einen Krach! Und hinterher gab es noch einen zweiten, diesmal aber veranstaltet von Fräulein Roberts."

Plötzlich sagte Doris: „Ich habe übrigens einen sehr lustigen Scherzartikel. Es ist etwas, das aussieht wie ein richtiger Tintenklecks!"

„Warum hast du uns den nicht gezeigt?" schrie Jenni erfreut. „Hast du ihn da?"

„Ich habe ihn zwar mitgebracht, um jemandem einen Schreck einzujagen", sagte Doris, „aber ich habe ihn verlegt. Ich kann ihn einfach nicht mehr finden."

„Suche ihn sofort, Doris", bettelte Hanni kichernd. „Schau überall nach! Streng dich ein bißchen an!"

Doris strengte sich an, und schließlich fand sie ihn in einer leeren Keksbüchse. Doris zog ihn heraus und legte ihn auf ein Heft. Er sah genau aus wie ein unregelmäßiger, glänzender Tintenklecks, fast so, als habe man das ganze Tintenfaß umgeschüttet.

Jenni nahm ihn vergnügt an sich. „Das ist toll!" sagte sie. „Leihst du ihn mir?"

„Na klar!" sagte Doris. „Was willst du eigentlich damit machen?"

„Wartet bis morgen", sagte Jenni geheimnisvoll.

Am nächsten Morgen sollte die Klasse ein französisches Diktat schreiben. Mamsell wunderte sich, daß die Mädchen so verräterisch ruhig und gesittet waren.

Nach dem Diktat mußte jedes Mädchen ihr Heft zu Mamsell bringen, um es korrigieren zu lassen. Als Jenni an die Reihe kam, legte sie ihr Heft auf Mamsells Pult. Mamsell nahm ihren Füllhalter in die Hand, und plötzlich breitete sich auf Jennis makelloser sauberer Arbeit ein dicker Tintenklecks aus.

„Oh, Mamsell!" jammerte Jenni. „Schauen Sie, was Sie da gemacht haben! Es muß Ihr Füller sein! Tropft er? O weh, und ich habe mich heute besonders angestrengt!"

Mamsell starrte entsetzt auf den riesigen Klecks. Sie traute ihren Augen nicht.

„Jenni! Wie ist denn das passiert!" rief sie. Sie schaute

Entsetzt starrte Mamsell auf den riesigen Klecks

ihren Füllhalter an. Er schien in Ordnung zu sein. Und doch war in Jennis Heft ein riesiger Tintenklecks.

„Ich lösche ihn schnell ab, Mamsell“, sagte Jenni und nahm ihr Heft vorsichtig weg. Sie tat so, als wolle sie die Tinte nicht noch weiter auslaufen lassen. Die Mädchen hielten die Hände vor den Mund, um ihr Gekicher zu ersticken.

Jenni ließ den Plastikfleck in ihrer Tasche verschwinden und beschäftigte sich scheinbar eifrig mit Löschpapier. Mamsell schüttelte unterdessen ihren Füllhalter. Sie konnte sich nicht vorstellen, wie plötzlich so viel Tinte herausgeflossen war.

Jenni brachte ihr Heft zurück, das jetzt vollkommen sauber war. Mamsell starrte es erstaunt an.

„Aber, wo ist denn der Klecks?“ fragte sie verwundert. „Den kannst du doch nicht so gut abgelöscht haben!“

„Doch, ich habe Speziallöschpapier, Mamsell“, sagte Jenni todernst. „Es läßt die Tinte wie durch Zauberkraft verschwinden.“

„Das ist in der Tat Zauberkraft!“ sagte Mamsell erfreut.

Doris und Katrin konnten ein Kichern nicht unterdrücken. Mamsell schaute auf. „Da gibt es nichts zu lachen“, sagte sie scharf. „Seid still!“

Natürlich gab es sehr viel zu lachen, besonders als Jenni den falschen Klecks geschickt auf Doris’ Schreibpult legte.

„Oh, Mamsell, Ihr schrecklicher Füller!“ sagte Doris in vorwurfsvollem Ton und deutete auf den Klecks. „Jetzt hat er mein Pult verschmiert.“

Mamsell, die sich zu Doris hinuntergebückt hatte, starrte ihren Füllhalter entsetzt an. Dann schüttelte sie ihn heftig. Ein Schauer Tintentropfen rieselte auf den Fußboden. Doris schrie laut auf.

„Es ist Ihre Feder! Schauen Sie sich die Flecke auf dem Boden an! Oh, Mamsell, darf ich mir von Jenni das wunderbare Löschpapier ausleihen? Fräulein Roberts ist sonst sehr böse, wenn sie die Bescherung in der nächsten Stunde sieht.“

„Ich verstehe das nicht“, murmelte die arme Mamsell und starrte gebannt auf den großen Klecks auf Doris’ Pult. „Ich habe vorher noch nie solche Flecke gemacht.“

Die Klasse begann laut zu kichern. Mamsell verlor ihre Beherrschung.

„Ist es etwa lustig, daß ich Kleckse mache?“ schrie sie. „Ruhe! Noch ein Ton, und die ganze Klasse bleibt während der großen Pause hier.“

Diese Drohung brachte die Klasse für kurze Zeit zur Ruhe, obwohl sich ein paar Mädchen Taschentücher vor den Mund halten mußten, um nicht laut zu lachen. Jenni hatte inzwischen schon einen neuen Streich ausgeheckt.

„Wißt ihr, was ich vorhabe?" sagte sie, als sie mit ihren Freundinnen im Gemeinschaftsraum saß und den Erfolg des Tintenflecks feierte. „Ich werde Mamsell ein paar Käfer ins Brillenetui tun."

„Jenni, keine Käfer!" sagte Lucie entsetzt. „Wie kannst du die nur anfassen?"

„Und außerdem, wie willst du an das Etui herankommen?" fragte Hanni.

„Nichts leichter als das", sagte Jenni. „Mamsell läßt ihr Brillenetui überall herumliegen. Sobald sie es wieder in unserem Klassenzimmer vergißt, nehme ich es weg und stecke die Käfer hinein! Ach, was wird sie quieken, wenn sie ihr Etui aufmacht! Rache ist süß!"

Am nächsten Tag ließ Mamsell ihr Brillenetui liegen. Jenni zwinkerte den anderen zu. Kaum war Mamsell aus dem Klassenzimmer, als Jenni zum Pult flitzte und das Etui an sich nahm. Sie ließ es in ihre Tasche gleiten und war gerade wieder auf ihrem Platz, als Fräulein Roberts zum Rechenunterricht erschien.

Kurze Zeit später klopfte ein Mädchen aus der dritten Klasse an die Tür und trat ins Zimmer.

„Mamsell bittet um Entschuldigung, daß sie den Unterricht stören muß", sagte es, „aber sie möchte gern ihre Brille haben. Sie muß auf dem Pult liegen."

Fräulein Roberts suchte auf dem großen Pult herum und öffnete sogar die Schublade. Aber sie fand weder eine Brille noch ein Etui.

„Ich kann nichts finden", sagte Fräulein Roberts schließlich. „Mamsell hat sie wahrscheinlich in ihrer Manteltasche." Die Klasse kicherte, nur Jenni machte ein ernstes Gesicht. Aber das reizte die anderen noch mehr.

„Was gibt's denn zu lachen?“ fragte Fräulein Roberts ungehalten. „Ist es etwa lustig, wenn Mamsell ihre Brille verliert?“

Die Klasse beruhigte sich nur mit Mühe.

„Wir lachen nur, weil Mamsell immer ihre Brille irgendwo liegen läßt“, sagte Doris.

„Genau“, sagte Fräulein Roberts trocken. „Schlagt bitte Seite 47 auf. Katrin! Wenn du nicht sofort in dein Buch schaust, dann kannst du einmal ein paar Seiten daraus abschreiben. Was ist heute morgen nur mit euch los?“

Die Klasse riß sich zusammen. Fräulein Roberts legte ein solch atemberaubendes Tempo vor, daß die meisten gar nicht mehr an Jennis nächsten Streich denken konnten.

In der Pause aber scharten sie sich alle um Jenni, um zu sehen, wie die armen überraschten Käfer in das Brillenetui gesteckt wurden.

Noch ein Schock für Mamsell

Jenni sammelte eine ganze Anzahl Käfer und Raupen. Dann füllte sie das Etui mit den krabbelnden Insekten.

„Hoffentlich können die Käfer atmen“, sagte Katrin besorgt. Sie war ein richtiger Tiernarr, und ihre Leidenschaft reichte sogar bis zu Spinnen, Käfern und Motten.

„Freilich können sie atmen“, sagte Jenni. „Dieses Brillenetui ist für sie wie ein großer Saal!“

„Was machst du jetzt mit dem Etui?“ fragte Hilda. „Legst du es auf das Pult zurück?“

„Natürlich“, sagte Jenni. „Wir wollen doch alle unseren Spaß haben, nicht wahr?“

„Jenni, wird Mamsell nicht furchtbar wütend werden?“ sagte Lucie. „Vielleicht sagt sie es Fräulein Theobald. Sei lieber vorsichtig, damit du nicht kurz vor den Ferien noch Unannehmlichkeiten bekommst.“

„Das ist mir gleich“, sagte Jenni. „Ich möchte mit der widerlichen Mamsell abrechnen!“

Die Käfer und Raupen krabbelten ängstlich in dem Brillenetui herum. Katrin öffnete es ab und zu, um ihnen etwas frische Luft zukommen zu lassen. Am nächsten Morgen nahm Jenni das Etui mit zum Unterricht, und kurz bevor Mamsell ins Zimmer trat, legte sie es auf das Pult. Die ganze Klasse war gespannt, was sich ereignen würde.

Mamsell kam herein. Sie hatte schlecht geschlafen. Um ihre Augen waren große dunkle Ringe.

„Bonjour!“ sagte sie beim Eintreten. Sie ging zum Pult und legte ihre Bücher ab. Die Mädchen grüßten und setzten sich wieder.

Mamsell ging gleich an die Tafel und schrieb einige Fragen auf, die die Klasse schriftlich beantworten mußte.

Da entdeckte Mamsell plötzlich ihr Etui. „Ah! Da ist ja meine Brille!“ sagte sie erfreut. „Aber wie seltsam! Gestern hat man mir doch gesagt, sie sei nicht hier! Den ganzen Tag über habe ich sie gesucht!“

Die Mädchen beobachteten sie voller Aufmerksamkeit. Diejenigen, die hinten saßen, verrenkten sich fast den Hals, um ja alles mitzubekommen.

Mamsell setzte sich. Sie öffnete das Etui noch nicht gleich, sondern schaute in der Klasse umher. „Beeilt euch!“ rief sie. „Warum wartet ihr so lange, bis ihr mit eurer Arbeit anfangt?“

Die Mädchen nahmen ihre Füllhalter zur Hand. Mamsell gähnte und klopfte sich mit dem Bleistift an ihre großen weißen Zähne. Warum öffnete sie denn nicht ihr Etui?

Mamsell streckte die Hand aus und packte das Etui! Endlich! Sie öffnete es langsam, und heraus liefen schnellfüßige Käfer, gefolgt von dicken Maden. Durch die Wärme des Raumes waren sie hellwach geworden, und außerdem wollten sie gern wieder ins Freie.

Mamsell kniff die Augen zusammen und schaute angestrengt auf das Etui. Sie wollte nicht glauben, was sie sah. „Käfer und Raupen auf meinem Pult! Das ist doch wohl nicht möglich. Wenn ich doch nur meine Brille hätte. Ich muß nicht mehr ganz bei Verstand sein", murmelte sie.

Die Mädchen versuchten, ihr Kichern zu unterdrücken.

Die Französischlehrerin bemühte sich, ruhig zu bleiben. Sie haßte alles, was krabbelte. Oft träumte sie auch, daß Käfer über ihren Körper krochen, und jedesmal wachte sie schweißgebadet auf. Aber das hier war noch viel schlimmer. Käfer lebten doch nicht in Brillenetuis. Ihre Augen mußten sich täuschen. Wahrscheinlich waren sie nicht mehr in Ordnung. Vielleicht war das auch der Grund, daß sie in letzter Zeit so starke Kopfschmerzen hatte!

Auf meinem Pult sind gar keine Käfer, überlegte sich Mamsell. Das bilde ich mir nur ein. In meinem Etui ist meine Brille. Ich muß tapfer sein, mich überwinden und meine Hand in das Etui stecken. Wenn ich dann die Brille aufsetze, werde ich sehen, daß die Käfer in Wirklichkeit gar nicht existieren!

Und schon streckte sie ihre Hand aus, um die vermeintliche Brille herauszuholen.

Natürlich griff sie nur Käfer und Raupen. Sie stieß einen schrillen Schrei aus und schüttelte die Hand vor Schreck. Die Mädchen beobachteten sie belustigt. Das war ja ein herrlicher Spaß!

„Was ist los, Mamsell?" fragte Doris scheinheilig und zwinkerte den anderen zu.

„Oh, Doris, Jenni, kommt mal her und sagt mir, was auf meinem Pult ist", sagte die arme Mamsell und schaute voller Entsetzen auf einen der Käfer, der immer wieder um das Tintenfaß herumlief und schließlich hineinfiel.

Doris und Jenni sprangen sofort auf. „Ihre Brille ist in Ihrem Etui“, sagte Jenni ganz ernst. „Warum setzen Sie sie nicht auf, Mamsell?“

„Meine Brille ist nicht dort!“ schrie Mamsell. „Seht ihr nicht diese Insekten?“

„Was für Insekten?“ fragte Doris unschuldig, und die ganze Klasse explodierte fast vor Lachen. Aber Mamsell bemerkte es kaum.

„Ah, mit mir stimmt etwas nicht!“ stöhnte sie. „Ich habe es schon lange gemerkt. Ich bin in letzter Zeit so kaputt. Und jetzt versagen auch noch meine Augen. Ich leide unter Wahnvorstellungen. Ich sehe Käfer auf meinem Pult! Wenn ich nur meine Brille hätte!“

Jenni nahm das leere Etui, legte schnell Mamsells Brille hinein und gab sie der überraschten Lehrerin.

„Das wird ja immer schlimmer!“ schrie Mamsell. „Also war sie die ganze Zeit im Etui, und ich habe sie nicht einmal gesehen! Und da, da . . . die Käfer krabbeln immer noch auf meinem Pult herum! Ich bin krank! Ich muß ins Bett! Macht mit eurem Französisch leise weiter und wartet, bis Fräulein Roberts zurückkommt. Ich bin krank . . . sehr krank!“

Mamsell verließ das Zimmer. Sie ging gebückt wie eine alte Frau. Die Klasse war entsetzt. Das war nicht das richtige Ende für einen Spaß! Die Mädchen starrten sich verzweifelt an. Jenni sammelte die Käfer und warf sie vorsichtig aus dem Fenster.

„Jenni, das gefällt mir gar nicht“, sagte Lucie mit ihrer klaren Stimme. „Wir haben Mamsell einen richtigen Schreck eingejagt. Sie hat sich anscheinend schon längere Zeit nicht wohl gefühlt, und jetzt hält sie sich für schwer krank. Wir hätten es nicht tun sollen!“

Aber es war nicht mehr rückgängig zu machen. Alle hatten aufgehört zu kichern. Jenni wünschte jetzt, daß Mamsell den Streich durchschaut und sie bestraft hätte.

Das hier war viel schlimmer. Die Mädchen fuhren fort zu arbeiten. Die ganze Klasse hatte ein schlechtes Gewissen.

Nach zehn Minuten trat Fräulein Theobald ein. Sie sah, daß die Klasse arbeitete, und war zufrieden.

„Mädchen", sagte sie mit ihrer leisen, wohlklingenden Stimme. „Ich muß euch leider mitteilen, daß Mamsell krank geworden ist und heute morgen nicht mehr kommt. Ich habe bereits den Doktor holen lassen. Arbeitet bitte allein weiter, bis Fräulein Roberts kommt."

Sie ging wieder hinaus. Die Mädchen setzten sich. Sie fühlten sich nicht wohl in ihrer Haut. Jenni wurde rot und verwünschte sich und ihren Streich. Vielleicht, dachte sie, kam Mamsells schlechte Laune nur daher, weil sie sich krank fühlte!

Es entging Fräulein Roberts nicht, daß die Klasse niedergedrückt war. Aber niemand sagte ihr den Grund.

Nach dem Unterricht gab es im Aufenthaltsraum ein großes Gefrage. Alles sprach von Mamsell und ihrer plötzlichen Krankheit. Die anderen Klassen wollten wissen, was eigentlich geschehen sei. Aber niemand verriet Jennis Streich. Ihre Kameradinnen wußten, daß ihr der Vorfall leid tat, und auch sie schämten sich. Ihr Scherz war vollkommen danebengegangen. Wie konnte man die Sache nur wieder einrenken?

Mamsell legte sich ins Bett. Die Hausmutter machte sich große Sorgen und blieb bei ihr. Immer wieder erzählte Mamsell, daß sie Insekten gesehen hatte. Sie wehrte sich gegen das Einschlafen aus Furcht vor einem neuen Alptraum.

Am späten Nachmittag erkundigte sich Jenni bei der Hausmutter, wie es Mamsell ging. Der Arzt war schon dagewesen und hatte Mamsell untersucht.

„Sie hatte sich restlos überanstrengt", sagte die Hausmutter zu Jenni. „Ihre Schwester war während der Weihnachtsferien krank, und Mamsell saß Tag und Nacht an ihrem Bett. Sie kam überhaupt nicht zur Ruhe. Danach kehrte sie völlig übermüdet zurück, und anstatt die Dinge etwas laufen zu lassen, arbeitete sie noch mehr als zuvor. Ich weiß, sie war oft gereizt in letzter Zeit, aber das ist auch verständlich."

„Hat sie . . . hat sie auch etwas von ihrem Brillenetui gesagt?" fragte Jenni.

„Was weißt du denn darüber?" fragte die Hausmutter überrascht. „Übrigens scheinen Mamsell die Insekten in ihrem Brillenetui besonders zu beunruhigen. Sie hat solche Angst vor ihnen, daß sie nicht einschlafen will. Sie ist mit den Nerven völlig fertig."

Jenni erzählte den anderen, daß Mamsell Tag und Nacht ihre Schwester gepflegt hatte und daß sie sich in den Ferien nicht geschont hatte. Mamsell war so hilfsbereit. Sie hatte sich einfach übernommen.

„Ich fühle mich ganz elend, weil ich ihr diesen Streich gespielt habe", sagte Jenni zu Hanni. „Wirklich. Am liebsten würde ich zu ihr gehen und ihr alles sagen, damit sie sich wieder beruhigt. Ich getraue mich nicht, es Fräulein Roberts oder Fräulein Theobald zu sagen."

„Dann geh und sag es Mamsell", meinte Hanni. „Das ist wohl das beste. Nimm ihr ein paar Blumen mit."

Alle Mädchen in der Klasse spendeten Geld. Dann gingen sie in die Stadt und kauften einen riesigen Strauß: Osterglocken, Narzissen, Anemonen und Primeln. Sie hatten ein schlechtes Gewissen und gaben deshalb viel mehr Geld aus, als sie sich eigentlich leisten konnten.

Fräulein Roberts sah die Mädchen, als sie mit den Blumen zurückkehrten.

„Was wird denn das? Eine Blumenschau?" fragte sie erstaunt.

„Sie sind für Mamsell", sagte Hilda. Fräulein Roberts schüttelte verwundert den Kopf. Bisher hatte sie nur bittere Vorwürfe über Mamsell zu hören bekommen.

Es sind doch wirklich liebe Mädchen, dachte Fräulein

Roberts. Laut sagte sie: „Das ist aber sehr nett von euch. Mamsell wird sich freuen. Sie hat sehr schlecht geschlafen letzte Nacht. Wahrscheinlich dürft ihr gar nicht zu ihr. Aber ihr könnt die Blumen bei der Hausmutter abgeben. Sie wird sie Mamsell hineinbringen."

Das paßte Jenni doch gar nicht. Sie wollte mit Mamsell sprechen, ganz gleich, was die Hausmutter dazu sagte!

Die letzte Woche vor den Ferien

Hanni und Nanni waren an diesem Tag immer in der Nähe der Hausmutter. Sie sollten Jenni mitteilen, wann sie Mamsell verließ. Jenni wollte dann ins Zimmer schlüpfen und sich entschuldigen.

Die arme Jenni zitterte bei der Vorstellung, Mamsell unter die Augen zu treten. Aber es gab keine Ausflucht.

Mittags sahen Hanni und Nanni, wie die Hausmutter aus Mamsells Schlafzimmer kam.

Eilig gingen sie auf sie zu. „Hausmutter, könnten wir bitte ein sauberes Handtuch erhalten?"

„Was habt ihr denn mit eurem gemacht?" fragte die Hausmutter und hastete weiter. „Kommt mit und holt es euch, ich habe nicht viel Zeit."

Hanni schaute über die Schulter zurück und zwinkerte Jenni zu. Die Hausmutter war nun für einige Minuten beschäftigt.

Jenni hatte freie Bahn. Sie klopfte an Mamsells Tür. „Herein!" klang es leise. Jenni trat ein.

Mamsell lag im Bett und starrte an die Decke. Sie sah unglücklich aus, denn sie machte sich noch immer Sorgen um ihre Augen. Arme Mamsell, wenn sie sich nicht so überarbeitet hätte, wäre sie auf diesen Schwindel nie hereingefallen.

„Mamsell“, sagte Jenni und trat an ihr Bett. „Ich mußte Sie unbedingt sehen. Ich möchte Ihnen etwas gestehen.“

„Nett, daß du kommst, meine liebe Jenni!“ sagte Mamsell, die leicht gerührt war. „Was hast du mir zu sagen, meine Kleine?“

„Mamsell . . . Mamsell . . . ich weiß nicht, wie ich es sagen soll“, sagte Jenni. „Sie sind sicher böse, wenn Sie es hören. Aber, bitte, glauben Sie mir, es tut mir sehr leid, uns allen tut es sehr leid, und wir hätten es nicht getan, wenn wir gewußt hätten, daß Sie so krank sind und . . .“

„Mein liebes Kind, was möchtest du mir denn sagen?“ fragte Mamsell höchst erstaunt. „Was für eine furchtbare Sache hast du denn gemacht?“

„Mamsell . . . wir . . . ich . . . ich habe diese Käfer in Ihr Brillenetui getan. Ich wollte mich rächen, weil Sie mir vorgestern so viel aufgegeben haben“, platzte Jenni verzweifelt heraus. „Und ich habe auch diesen künstlichen Tintenklecks auf mein Heft gelegt. Sehen Sie . . .“

Mamsell schaute Jenni entgeistert an. „Diese schrecklichen Krabbelkäfer waren echt?“ fragte sie schließlich.

„Ja, Mamsell“, sagte Jenni. „Ganz echt. Ich habe sie im Garten gesammelt. Ich . . . ich habe nicht gedacht, daß Sie glauben würden, mit Ihren Augen sei etwas nicht in Ordnung. Aber jetzt fühlen wir uns alle ganz elend.“

Mamsell lag ganz ruhig da. Ihre Augen waren in Ordnung, und sie litt auch nicht an Wahnvorstellungen. Alles war nur ein Spaß gewesen!

Sie drehte sich zu dem Mädchen um. Aber Jenni war schon hinausgeschlüpft, um den Strauß zu holen. Sie kam mit einem ganzen Arm voll wunderschöner Blumen zurück.

„Mamsell, sie sind ein Geschenk der zweiten Klasse“, sagte Jenni. „Es tut uns leid, daß Sie krank sind. Und bitte, verzeihen Sie uns. Wir wären sicher viel geduldiger gewesen, wenn wir gewußt hätten, daß Sie so müde sind!"

„Komm her!" Mamsell streckte Jenni die Hand hin. „Ich war in den letzten Monaten fürchterlich!" Ein Lächeln huschte über ihr Gesicht. „Fürchterlich! Einfach fürchterlich! Sag es bitte den Sullivan-Zwillingen, Jenni. Ich kenne den Spitznamen, den sie mir im letzten Jahr gegeben haben. Mamsell Fürchterlich. Sie haben mich so genannt, weil ich sagte, ihre Arbeiten seien fürchterlich! Aber diesmal habe ich den Namen wirklich verdient."

„Sie waren oft böse mit uns", sagte Jenni ehrlich. „Aber das macht jetzt nichts mehr. Wir wissen, warum."

„Ihr seid wirklich liebe Mädchen!" sagte Mamsell und vergaß ganz und gar die schlimmen Dinge, die sie in der letzten Zeit über sie gesagt hatte. „Grüße bitte die anderen von mir. Und sag ihnen, wir wollen uns gegenseitig nichts mehr nachtragen! Oh, du böses Mädchen, mich so reinzulegen!"

Jenni starrte Mamsell an, und Mamsell betrachtete Jenni. Plötzlich fingen beide an zu lachen.

„Diese schrecklichen Käfer, und dieser riesige Tintenklecks! Und ich habe nichts gemerkt! Was seid ihr doch für unartige Kinder! Aber jetzt kann ich darüber lachen!"

Mamsell konnte nicht mehr an sich halten. Sie prustete los. Die Hausmutter, die gerade vorbeiging, betrat schnell das Zimmer, weil sie im ersten Moment glaubte, Mamsell sei verrückt geworden. Sie war fassungslos, als sie die Unmenge Blumen sah und mittendrin Jenni!

„Jenni! Was tust du denn hier! Ich habe dir keine Besuchserlaubnis gegeben. Geh jetzt, aber ein bißchen schnell!"

„Nein, ich möchte nicht, daß Jenni fortgeschickt wird", sagte Mamsell in bestimmtem Ton. „Sie soll erst die Blumen ins Wasser stellen! Außerdem hat sie mir gute Nachrichten gebracht. Ich fühle mich schon viel besser. Sie hat mich zum Lachen gebracht, dieses böse Mädchen!"

Mamsell sah wirklich bedeutend besser aus. Die Hausmutter sah sie an und nickte dann Jenni zu. Jenni stellte die Blumen in eine Vase und brachte sie Mamsell.

„Diese wunderbaren Blumen!" sagte sie zufrieden. „Hausmutter, haben Sie bemerkt, was für einen herrlichen Strauß die zweite Klasse ihrer unerträglichen, alten Mamsell geschickt hat?"

„Ja, ich sehe es", sagte die Hausmutter. „Jetzt mußt du aber gehen, Jenni. Und falls du hier wieder ohne Erlaubnis auftauchst, gibt es eins hinter die Ohren."

Draußen machte Jenni einen Luftsprung. Sie lief sofort zum Gemeinschaftsraum und erzählte, was geschehen war. Alle freuten sich, daß es so glimpflich abgelaufen war.

„Vielleicht wird es jetzt besser", sagte Doris, die ziemlich viel unter Mamsells scharfer Zunge zu leiden hatte. „Wenn Mamsell noch vor den Ferien wieder Unterricht gibt, behandelt sie uns hoffentlich netter, und wenn nicht, dann bin ich furchtbar froh, von Französisch einige Zeit nichts mehr zu hören."

„Dieses Schuljahrsdrittel ist schnell vergangen!" sagte Hanni. „Die Zeit ist nur so verflogen, jetzt haben wir schon bald Ostern. Aber was ist alles geschehen, beinahe so viel wie im letzten Jahr."

„Mehr", sagte Nanni. „Wir hatten letztes Jahr kein Feuer und auch keine Heldin!"

Margret wurde rot. Sie konnte schon sehr gut mit ihren Krücken gehen, und ihr Bein verheilte immer besser. Lucie zwinkerte ihr zu.

„Margret wird immer rot, wenn ihr Heldin sagt!" meinte sie. „Sie besucht mich übrigens während der Ferien. Sie will eine Woche bleiben. Dann werden wir zusammen arbeiten müssen, aber es bleibt bestimmt auch genug Zeit, um zusammen fröhlich zu sein."

„Und anschließend fahre ich zu meinem Vater", sagte Margret. „Zwillinge, was macht ihr denn in den Ferien?"

Die Ferien lagen wirklich in der Luft. Alle schmiedeten Pläne für Ostern. Elli war natürlich völlig damit ausgefüllt, ihre Garderobe zu richten.

„Was für ein eitles kleines Ding!“ sagte Hanni und zog Elli im Spaß an den Haaren. „Du darfst einen Teil der Ferien bei uns verbringen und deine schönen neuen Sachen vorführen, aber du darfst nur einmal damit angeben. Danach: kein Wort mehr darüber!“

„In Ordnung, Hanni“, sagte Elli, die schon viel vernünftiger geworden war. „Einmal werde ich ordentlich damit prahlen, dann bin ich das schweigsamste Mädchen von der Welt.“

„Du und schweigen!“ sagte Nanni, die ihre Kusine jetzt viel besser leiden konnte. „Du ersticktest ja, wenn du nicht alles erzählen könntest!“

Die letzte Schulwoche verging rasch. Mamsell fühlte sich schon viel wohler. Jeden Tag durften die Mädchen sie besuchen und sich mit ihr unterhalten. Sie war wieder die alte, lustige Mamsell, die sie früher gewesen war. Sogar einen Arbeitsplan hatte sie aufgestellt, aber davon wollten die Mädchen nichts hören! Erst kamen einmal die Ferien!

Lucie hatte in den letzten Wochen schwer gearbeitet, um sich auf die Prüfung vorzubereiten. Sie hatte gute Nachrichten von ihrem Vater bekommen, und das steigerte ihren Eifer noch mehr. Fräulein Theobald und die anderen Lehrerinnen hatten ihr einen Stundenplan für die Ferien ausgearbeitet. Sie lobten ihre Fortschritte. Lucie lachte schon wieder wie früher.

Die Zwillinge waren sehr zufrieden mit sich. Diesmal hatten sie sehr gute Noten erhalten. Doris und Elli waren wie immer die Schlechtesten, aber sie ärgerten sich nicht darüber.

„Irgend jemand muß ja der Letzte sein“, sagte Doris zu Elli, „und ich finde es eigentlich sehr nobel von uns, daß wir so etwas auf uns nehmen!“

„Das ist zwar nicht die richtige Einstellung“, sagte Hanni, „aber wen kümmert's schon? Von allen kannst du uns am besten zum Lachen bringen, also bleib ruhig weiter die Schlechteste, altes Haus!“

Die letzten Tage kamen. Wie jedesmal gab es überall große Aufregung. Es wurde geschrien und gelacht, und manchmal beschwerte sich Fräulein Roberts im Spaß:

„Katrin, ist es nötig, daß du so brüllst? Suse, meinst du, es sieht anmutig aus, wenn du dich beim Packen so auf dem Boden herumrollst? Hanni! Hanni! Hör endlich auf, Jenni zu puffen. Wenn ihr so weitermacht, werde ich euch eine gehörige Strafarbeit mit auf den Weg geben!“

Ein Gekicher war die Antwort. Jetzt konnte keine Drohung sie mehr schrecken!

„Wir sehen uns ja bald wieder!“ sagte Hanni. „Vergiß nicht, uns zu schreiben, Jenni. Sei brav, Doris! Oh, Nanni, zieh mich doch nicht so, ich komme ja schon! Wir sind alle im ersten Wagen! Auf Wiedersehen! Bis nach Ostern!“

Ja, bis nach Ostern! Das hoffen wir auch alle, sie nach Ostern wiederzusehen.

Aufstellung aller Titel dieser Reihe:

Für Hanni und Nanni-Sammler

Die richtige Reihenfolge aller „Hanni und Nanni"-Geschichten steht hier. Auch in welchem Sammelband diese Geschichte steht. Daß die richtige Reihenfolge mit den Sammelbänden nicht übereinstimmt liegt daran, daß wir zunächst nur einige Geschichten von „Hanni und Nanni" brachten. Als „Hanni und Nanni" aber zu den Lieblingen der Mädchen wurden, sind wir gedrängt worden, immer mehr Bücher zu bringen. Und diese Geschichten, die wir später brachten, haben wir dann erst in einen Sammelband genommen.

Mit herzlichen Grüßen
Eure
„Hanni und Nanni"-Redaktion
im Franz Schneider Verlag

		in Sammelband
1	Hanni und Nanni sind immer dagegen	I
2	Hanni und Nanni schmieden neue Pläne	I
3	Hanni und Nanni in neuen Abenteuern	I
4	Kein Spaß ohne Hanni und Nanni	2
5	Hanni und Nanni geben nicht auf	4
6	Hanni und Nanni im Geisterschloß	3
7	Hanni und Nanni suchen Gespenster	4
8	Hanni und Nanni in tausend Nöten	5
9	Hanni und Nanni groß in Form	5
10	Hanni und Nanni geben ein Fest	5
11	Lustige Streiche mit Hanni und Nanni	2
12	Hanni und Nanni und ihre Gäste	4
13	Fröhliche Tage für Hanni und Nanni	2
14	Hanni und Nanni gründen einen Klub	3
15	Hanni und Nanni im Landschulheim	3

Außerdem erschienen 2 Hanni- und Nanni-Bändchen in englischer Sprache mit Vokabeln auf jeder Seite: **Adventures with Hanni and Nanni I und II**